KB070747

산삼 이야기

임기성의
산삼 이야기

임기성 엮음

목 차

인 사 말

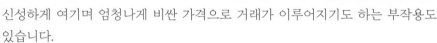

산삼이 신비로운 명약임은 그 누구도 의심하지 않습니다.

그러나 귀중한 명약이기에 너무나 신성하게 여기며 엄청나게 비싼 가격으로 거래가 이루어지기도 하는 부작용도 있습니다.

이러한 실정을 감안하여 산삼을 보다 명확하게 이해할 수 있도록 본 산삼 이야기를 발행하게 되었습니다. 산삼뿐만 아니라 모든 식물은 인간이 재배하기 이전에는 자연에서 성장하고 씨를 뿌리고 진화하다가 죽는 과정을 거쳤습니다.

수천만 년 전 또는 수억 년 전부터 자라던 여러 식물은 인간의 경험에 따라 약용과 식용으로 구분되어 인간이 재배하게 되었지만 그 역사는 천 년을 넘지는 않습니다.

따라서 그 식물들이 인간에 의해 재배되며 진화하였다고 하여도 형질의 변경은 미미하다고 하겠습니다.

인간이 밭에서 재배하던 도라지나 더덕의 씨가 바람이나 조류에 의해 산에 뿌려지고 성장하면 수십 년을 살아가며 산 도라지와 산 더덕이 됩니다.

그러나 도라지와 더덕을 밭에서 인간이 재배하면 이식하며 키우기 이전에는 수년밖에는 살지 못합니다.

본래 인삼은 산삼을 의미하였으나 산삼의 수요가 부족하자 인간이 그 씨를 밭에 뿌려 재배하여 생긴 재배 삼을 구분하기 위해 붙여진 이름입니다. 산삼은 산에서 자연적으로 발아되어 성장한 삼을 구분하기 위해 후에 붙여진 이름입니다.

산삼의 씨를 가지고 재배하기 시작한 초기에는 그 씨를 산에 뿌려서 키웠으나 관리가 어렵고 성장 속도도 매우 느려 밭에서 재배하게 되었습니다. 지금의 삼포 형태로 재배하기 시작한 역사는 수백 년에 불과합니다.

재배 인삼이 오래 살지 못하는 가장 큰 이유는 밀식재배에 의한 세균번식과 토양의 과다한 인위적 영양분에 따른 급속한 성장이 그 원인입니다.

인삼의 씨를 산에 뿌린 경우는 밭에서 성장하는 것보다 매우 성장속도가 느리고 수명도 2~3배에 달합니다. 따라서 인삼의 씨가 그 나름대로 진화하기는 하였겠지만 유전적 요소의 변화는 유구한 진화의 역사에 비하면 미약하다고 볼 수 있겠습니다.

  산에 떨어져 자라는 씨의 원천이 인삼의 종자라고 하더라도 천연적인 산삼 종자의 씨가 떨어져 자라는 것보다는 약성이 떨어지겠지만 그보다는 성장하는 지역의 환경과 나이 등이 더욱 중요할 것으로 생각됩니다.

  본서가 산삼에 대하여 많은 정보를 습득하는 데 도움이 되었으면 하는 마음입니다.

2017년
글쓴이 임 기 성

제1장 산삼이란

Ⅰ. 산삼이란

1.1 산삼의 정의

1.1.1 자생위치

산삼은 삼천만년 전 부터 북위 30~48도 지점 북반구에서 자생하기 시작했다고 전해진다.

지구상에는 한반도와 연해주. 중국과 히말라야 주변. 네팔지역 베트남 북부지역, 일본 등 아시아 지역과 북아메리카 대륙에 십여 종이 자생한다.

1.1.2 학명

고려산삼은 학명 이 PANAX GINSENG CAMEYER이며 PANAX 란 그리스어로 만병통치약이라는 뜻이다.

1.1.3 식물학적 분류

산삼은 새싹이 나올 때 꽃을 맺는 꽃대와 잎이 함께 나오는 현화식물 (顯花植物)에 속하며 피자 식물(被子 植物)로서 반 음지성(反 陰地性) 다년생 초본식물(草本植物)이다.

산삼은 목본(木本)식물인 두릅나무에서 오가피로 진화하고 다시 오가피나무가 초본(草本)식물로 진화하여 생긴 것으로 산에서 오가피 잎을 보고 산삼으로 착각하는 경우가 종종 발생한다.

산삼이 약용으로 사용되기 시작한 것은 수천 년 전일 것으로 추정되며 문헌으로 기록된 것은 약 2천 년 전 중국 진한 후기이다.

산양삼은 최초 산삼의 씨를 자생지 주변에 뿌려 키운 것으로 약 8백년 이전 고려시대로 추정된다.

　인삼은 그 후 수요가 늘어나자 재배관리가 편하도록 주거지 주변 밭에서 재배하기 시작한 것으로 5백년 이전 조선시대에 시작되었으며 인삼이든 산양삼이든 원래의 종자는 산삼의 씨앗이었다.

산삼의 진화과정

두릅나무 　　　　 땃두릅나무 　　　　 땅두릅 (초본)

오가피나무

가시오가피. 왕가시오가피
섬가시오가피(제주도자생)
민오가피(서울오가피) 지리산오가피
당오가나무 단경오가피

산삼 (초본)

한반도 및 연해주: 고려산삼
중국대륙 : 전칠삼. 주자삼. 죽절삼.
일본 : 죽절삼
히말라야 : 네팔 주자삼, 구절삼. 감자삼.
베트남 : 베트남 산삼.
아메리카 : 화기삼. 삼엽삽

1.2 산삼이 자라는 곳

1.2.1 산삼이 자라는 지역

산삼은 위 그림과 같이 아시아 지역과 아메리카 대륙 여러 곳에서 자라며 각 지역에서 개별적으로 진화하며 자생하고 있다.

그중에 한반도와 만주 연해주 지역에 분포하는 산삼을 고려산삼이라고 하며 이 고려산삼도 지역적인 특성(토양조건 기후조건 등)에 따라 뿌리의 모양에 약간의 차이가 있다.

중국에는 고려산삼과 전칠삼, 삼칠삼, 주자삼, 죽절삼이 자생하며 일본 에도 죽절삼이 자라고 있다. 네팔, 히말라야 지역에는 여러 종의 히말라야삼이 있고 베트남지역에도 산삼이 있다.

아메리카 대륙에는 미국과 캐나다 각 지역별로 화기삼이 자라며 삼엽삼도 함께 발견된다.

이 여러 종의 산삼 중 죽절삼을 제외하고 대부분은 약용으로 활용되며 그중에서도 한반도 남부지역에서 자라는 산삼을 최상품으로 인정하였다. 이 중 특히 한반도에서 자라는 고려산삼은 산림 중 경사가 완만하고 그늘 지며 토양은 배수가 잘 되고 약간 습하되 바람이 통하여 환기가 잘되는 활엽수와 침엽수의 혼유림에서 주로 발견된다.

산삼이 발견된 강원도 산   운무가 피고 있는 산

인삼의 씨를 산비둘기, 꿩 등이 먹고 배설하여 자라는 야생삼의 경우는 삼포 주변 야산에서 주로 발견된다. 이를 조복삼(鳥服蔘)이라고도 한다.

자연삼의 경우는 수목이 수십 년 이상 되는 곳에서 발견되며 직사광선이 토양면을 과다하게 건조시키는 곳에서는 잘 발견되지 않는다.

또한 어린 수목이 밀집되어 자라며 바닥에 풀이 많이 자라는 곳에서도 발견되지 않는다. 부엽토가 두텁게 깔려 있고 산란광이 들어오는 정도의 적당한 그늘이 있어야 한다.

산삼의 씨앗은 매우 단단하고 껍질이 두꺼운 원형체로 조류가 그 열매를 먹고 씨는 그대로 배설하게 된다.

배설한 씨가 토양에서 싹이 트려면 적당한 습도와 영양분이 있어야 할 것이다. 경사가 심한 곳은 씨가 떨어져도 강우로 흘러내리게 되며 또한 지반이 건조하므로 싹이 잘 트지 않는다.

따라서 급경사지에 떨어진 씨는 빗물이 흐름에 따라 경사가 완만한 곳으로 이동하고 거기서 싹을 틔우게 된다.

급경사지라도 부엽토가 충분하여 씨가 부엽토 밑으로 스며들 경우는 산삼이 자랄 수 있다.

1.2.3. 산삼이 잘 자라는 지질 및 토양

산삼이 자주 발견되는 곳과 토질과는 밀접한 관계가 있다. 수분을 과다하게 함유하는 토양은 산삼이 자라기 어려우며 냉기가 토양 깊이 들어가는 곳에서도 잘 자라지 못한다.

따라서 양질의 산삼을 채집하기 위하여 임상 조건뿐만 아니라 방향 토질 등을 종합적으로 검토하고 확인하여야 할 것이다.

1) 지질별 성장조건

가) 화강암 지대

화강암은 주로 석영, 칼륨, 장석, 사장석으로 구성되어 있다. 이 화강암이 풍화하면 굵고 가는 모래가 형성된다. 이러한 토양은 수분의 흡수가 빠르며 배수 또한 빠르다.

오랫동안 성장을 하여야 하는 산삼에는 최상의 토질이다.

화강암은 약 40% 정도 전국적으로 분포되어 있는데 특히 명산이 화강암으로 이루어진 곳이 많다.

화강암의 주 분포지역은 그림과 같이 서울 북부 북한산. 수락산. 불암산과 경기도 북부 포천지역의 운악산. 국망봉 등으로 연결되는 한북정맥구간 그리고 경기도 안성, 이천지방, 강원도 설악산과 오대산을 연결하는 백두대간 일부구간. 치악산 지역, 충청도 속리산과 칠장산 .가야산을 연결하는 한남금북정맥구간. 월악산, 계룡산, 대둔산 및 전라도의 덕유산, 내장산, 월출산, 지리산 등이며 경상도의 소백산과 양산 부산 일대이다.

나) 편마암지대

편마암이 풍화되면 화강암보다는 모가지고 작은 형태의 모래층을 이룬다.
또한 토사층에 점토분이 많으며 돌도 많이 포함된다. 산삼이 성장하기에는 화
강암 지대보다는 부족하지만 비교적 잘 자라는 토질이다.

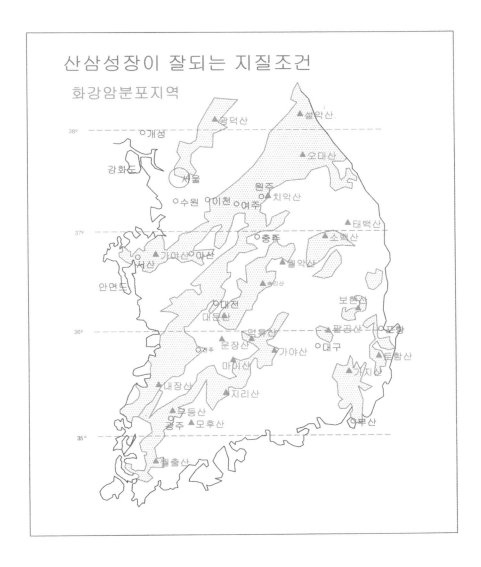

다) 석회암지대

우리나라에는 고생대 초(오르도비스기)에 바다에서 퇴적된 조선 누층군(조선계)의 대 석화암 층군(대석회암통)에 속하는 석회암이 분포하며 풍화하면 아주 고운 미립자의 형태가 되어 강알카리성 토양이 된다.

이러한 토질에서는 물의 흡수도 느리지만 일단 흡수된 물이 잘 배수되지 않는다. 따라서 산삼이 성장하기에는 매우 불량한 토질이다.

석회암은 충청북도 단양 제천과 강원도 영월, 평창, 정선, 삼척 등에 분포되어 있다.

석회암 지대는 지하에 동굴이 형성되어 있는 경우도 있으며 석회암은 시멘트의 원재료이다.

라) 석탄암 지대

석탄암이 지하에 매장되어 있는 지역에서는 산삼이 간혹 발견된다.
강원도 태백, 정선 지역과 삼척 도계 지역 및 경상도 문경, 상주가 이에 속한다.

2) 산삼 성장이 잘 안 되는 지질 조건

가) 퇴적암 지대

퇴적암은 진흙이나 뻘흙 등이 오랜 기간 압력을 받아 암반화된 지층이다. 따라서 풍화하면 아주 작은 미립자의 형태를 갖추며 배수가 어려워 산삼이 성장하기에는 매우 불량한 토질이다.

퇴적암은 전라도 일부 지역과 경상북도 지방에 많이 분포되어 있으며 경상남도 지방 중 부산 양산을 제외한 거의 전 지역과 남해안 지역이 퇴적암이 많이 분포되어 있다.

3) 산삼이 성장하기 적합한 토양

산삼이 성장하기 적합한 토양은 부엽토로 충분히 덮여져 산삼의 씨가 떨어진 후 발아가 잘 되고 뿌리가 썩지 않은 곳이다. 따라서 배수가 잘 되지 않는 토양에서는 자라지 않는다.

산삼의 씨가 떨어져 개갑이 이루어진 후 삼이 성장하여야 하는데 과습으로 인하여 뿌리가 썩어 버리기 때문이다.

　또한 산삼의 씨가 발아되어도 잔뿌리가 발달하지 않는 질이 떨어지는 산삼이
되거나 몇 년 성장하다 고사하게 된다.

가) 산삼의 성장을 원활하게 하는 토양은

 (1) 부엽토가 침엽수 및 활엽수로 숙성된 토양
 (2) 마사토 등 우수의 침투가 용이하고 배수가 잘 되는 토양
 (3) 토양 중 공극이 많아 비교적 뿌리 호흡이 잘 되는 토양

나) 산삼이 잘 자라지 못하는 토양

 (1) 흙이 점토 등으로 이루어져 항상 수분이 많은 토양
 (2) 급경사지로 암반이 부서져 버럭 등으로 형성된 곳
 (3) 지하수위가 높거나 수렁으로 형성된 곳
 (4) 바닥에 부엽토가 없이 토사로만 형성된 곳

다) 산행 시 산삼이 잘 자라는 양질의 토양을 구분하는 방법

 (1) 지팡이 등으로 토양을 눌러도 잘 들어가고 지팡이에 점토 등이 묻어 나
    오지 않는 토양
 (2) 지표면에 부식된 낙엽이 충분히 덮여 있는 곳
 (3) 지팡이로 눌러 잘 들어가지 않는 토양은 산삼이 잘 자라기 힘든 곳이다.
 (4) 지팡이로 눌렀을 때 과다한 수분이 묻어 나오지 않는 토양

4) 산삼이 잘 자라는 수목의 조건

산삼은 수목의 종류와 밀집도, 나이 등에 따라 잘 자라는 곳과 자라지 않는 곳
이 있다.
산삼 자생지에서 함께 발견되는 식물을 동반자 식물이라고 하며 나무와 초본
식물이 있다.

가) 침엽수림

(1) 소나무 군락지

재래종 소나무 중 적송(赤松)이 자라는 곳에서는 가끔 발견되지만 해송(海松)이 자라는 곳에서는 산삼을 발견하기 어렵다.

소나무(적송)만 밀집하여 자라는 곳보다는 참나무 등이 혼재하는 곳에서 잘 발견되므로 산행 시 임상 상태를 잘 파악하면 채집이 용이하다.

(2) 잣나무 군락지

대부분의 잣나무 숲은 인공 조림지이다. 또한 이 바닥에는 초본식물들이 잘 자라지 못한다.

따라서 어린 산삼은 간혹 발견되지만 오랫동안 성장하지는 못하는 것 같다.

낙엽송 군락지로 산삼이 자라지 않는 곳

(3) 낙엽송 군락지 및 조림된 소나무 단지

낙엽송 군락지와 외래종 소나무 조림지는 습도가 적당하며 통풍이 잘되는 특성이 있어 인삼포 주변인 경우 어린 야생삼이 자주 발견된다.
이러한 조림지는 1960년대 이후 조성된 것이다. 따라서 나이가 오래된 질 좋은 산삼의 발견은 기대할 수 없다.

나) 활엽수림

(1) 밤나무 군락지

산삼이 잘 자라지는 않지만 인삼포에서 새에 의해 옮겨진 씨는 간혹 발아 하여 성장한다.

(2) 참나무 군락지

비교적 크게 성장한 참나무 단지에서는 산삼이 간혹 발견된다. 그러나 어린 참나무 단지에서는 잘 발견할 수 없다.

(3) 아카시아 군락지

아카시아는 잎이 작고 싹이 산삼보다 늦게 나서 이른 봄 과다한 햇빛에 노출된다. 따라서 성장에 접합하지 않으며 일종의 조림지로 산삼이 거의 발견되지 않는다.

(4) 기타 더운 지방에서 자라는 나무군

동백나무 군락지 대나무 군락지 등에서는 잘 발견되지 않는다.

다) 혼유림

혼유림에서는 산삼이 비교적 잘 적응한다. 그 이유는 침엽수와 활엽수가 적당히 차광을 하며 낙엽이 고루 쌓이면 호흡이 잘 되는 양질의 영양분이 풍부한 토양이 되기 때문이다.

라) 어린 잡목지대

산삼은 어린 잡목이 우거진 곳에서는 잘 자라지 못한다. 또한 바닥에 잡풀이 우거진 곳에서도 잘 자라지 않는다.
숙성된 부엽토가 푹신푹신할 정도로 잘 깔려져 있는 곳에서 잘 자란다.

산삼이 발견되는 혼유림

부엽토만 있는 곳에서 자라는 어린 삼과 5구 산삼

마) 동반자 식물

산삼이 잘 자라는 곳에는 초본식물로 참나물. 큰참나물(진삼). 대사초. 천남성, 고비, 백선피, 곰취, 산작약, 노루오줌, 만삼 등이 있으며 목본식물로는 참나무, 오가피, 엄나무, 피나무, 오미자 등이 있다.

산작약　　　　　　　　　　노루오줌

참나물　　　　　　　　　　천남성

백선피(봉삼)　　　　　　　　곰취

동반자 식물의 잎 모양 1

큰 참나물   만삼

오가피   땃두릅나무(천삼)

동반자 식물의 잎 모양 2

이 식물 중 참나물 산작약 천남성 곰취 오가피등은 산삼보다 다소 습한 곳에서 자생하므로 그 위쪽 다소 높은 곳이 자생 여건에 적합하다.

지치   백 수 오

<table>
<tr><td>잔대</td><td>도라지</td></tr>
</table>

산삼이 잘 자라지 않는 양지 에 자생하는 식물

도라지. 잔대. 지치. 백수오 등 양지성 식물이 잘 자라는 곳에서는 산삼을 발견하기 어렵다

햇빛이 많이 드는 곳에서 싹이 나오는 산삼은 잎이 타들어가 성장을 하지 못한다.

산작약   누릿대

산삼이 잘 자라지 않는 습지 에 자생하는 산형과 식물

참당귀, 누릿대, 바디나물 등 산형과 식물이 자라는 습한 지역에서도 산삼을 발견하기 어렵다.

이러한 습한 토지에서는 산삼의 뿌리가 적 변화 (검 붉은색으로 표면이 경화됨) 되고 썩는다. 따라서 잘 자랄 수가 없다.

따라서 동반자 식물 등의 자생 여건을 잘 파악하면 산삼이 자생 할 가능성 이 높은 곳을 예측 할 수 있으므로 산삼을 발견하는데 많은 도움이 될 수 있다.

　4) 산삼이 자라는 환경조건

　산삼은 고온을 싫어하는 내한성 (耐寒性) 식물이다. 따라서 한여름 고온이 유지되는 곳은 성장에 많은 지장을 준다.
　산삼은 영하 20도에서도 얼어 죽지는 않으나 고온에는 잘 적응하지 못한다.
　한여름 기온이 많이 올라가는 구역에서는 잘 성장하지 못할 것이다.
　산삼은 반 음지성(半 陰地性) 식물이다. 따라서 직사광선에 노출되면 잎이 타서 노랗게 변색되고 성장이 멈추며 고사한다. 인삼포에서 해가림을 하는 이유가 여기에 있다.
　산삼은 환기가 잘 되고, 한여름에도 서늘하며, 햇빛은 산란광 정도만 들어오는 곳에서 잘 적응하며 자란다.

　5) 산삼은 공생한다.

　산삼이 자라는 곳에서는 여러 뿌리의 산삼이 함께 발견된다.
　그 이유는 크게 2가지로 대별할 수 있다.

　가) 새가 산삼의 씨를 배설할 때는 여러 개의 씨를 함께 배설한다.

　산삼의 숙과를 먹는 새는 꿩과 산비둘기, 까치, 까마귀 등의 대부분 텃새들이다.
　따라서 여러 마리의 새가 함께 활동하며 산삼의 숙과를 먹은 후 배설하게 되면 생육에 적합한 곳에서 여러 개의 어린 묘가 함께 싹이 트므로 집단으로 자란다.
　이러한 조류들이 배설하는 지역은 대부분 인가 주변의 산중에서 아주 깊은 곳이 아니다. 따라서 과거에 인삼을 재배하던 지역의 주변 야산에서 자주 발견할 수가 있다. 명확한 의미의 천연 산삼은 아니며 인삼 씨를 먹은 새가 야산에 배설한 후 성장한 야생삼이다.

나) 오래된 산삼은 가족 형태를 이룬다.

산삼이 오랜 기간 성장을 하면 꽃이 피고 그 열매가 떨어져 다시 산삼이 자란다. 이때는 어미 산삼이 최소한 10년 이상 된 산삼이다.

또다시 2대 산삼과 어미산삼은 성장을 거듭하여 다시금 씨를 뿌리고 새싹이 나오게 되면 3대, 4대에 걸쳐 가족 형태의 삼이 함께 자라는 것이다.

가족 삼으로 자라는 산삼

대부분 품질이 좋은 우수한 산삼은 가족삼 형태로 발견되며 이러한 곳을 마당 삼밭이라고 한다. 이곳을 발견하는 심마니는 하느님께 감사의 제를 올렸다.

씨 장뇌나 산양삼의 경우도 집단으로 자라는데 그 이유는 많은 씨를 동시에 뿌렸기 때문이다. 씨를 뿌린 후 수십 년이 지나면 역시 산삼과 마찬가지로 어미 삼에서 씨가 떨어져 2대, 3대의 삼이 자라기 때문에 가족 삼의 형태가 되는 것이다.

6) 산삼은 스스로 움직인다.

매년 산행을 하며 지나가던 곳에서 갑자기 산삼이 발견되었다.

그것도 어린 삼이 아닌 십 년 또는 수십 년 된 산삼이다. 참으로 신비한 일이 아닐 수 없다. 심마니들은 이것을 하늘이 준 산삼이라고 한다.

그러나 사실은 그곳에서 자라던 산삼이 환경이 변하거나 상처를 입은 후 잠을 자다가 다시금 싹이 튼 경우이다. 산삼은 수 년 내지 십수 년 잠을 잔다.

삼대가 동물에 의해 훼손되거나 곤충 및 벌레류 등에 의해 뇌두의 손상이 생기면 잔뿌리는 모두 끊어 내고 스스로 성장을 멈추어 잠을 잔다.

이후에 성장 여건이 되면 다시금 싹을 틔우는데 이때는 뇌두갈이를 하는 경우가 많이 있다.

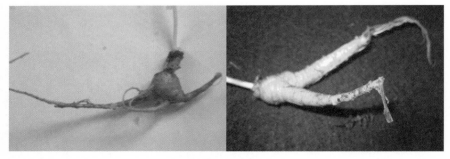

뇌두갈이를 한 산삼의 모습 1

뇌두갈이를 한
산삼의 모습 2

몸통이 썩어 없어진 후 뇌두에 붙은 턱수
가 굵어지며 몸통을 만들고 있는 뿌리 모습

　　뇌두가 외부 원인에 의하여 부러진
후　옆에서 새로운 싹이 나온 2구 산
삼으로　가락지가 잘 형성된 산삼이
다.

　　뇌두가 부러지면 새로운 싹이 형성
되기까지 수년이 걸리며 대부분 2구
로 싹이 튼다.

1.3 산삼의 종류

1.3.1. 고려산삼 (PANAX GINSENG CAMAYER)

한반도 만주지방 연해주에서 자라는 산삼을 말한다.

고려산삼의 특징은 잎의 형태가 타원형으로 끝 면이 약간 뾰족한 형태를 이룬다.

한반도와 만주지방 및 연해주에서 자라는 산삼을 학명으로는 동일한 산삼으로 취급하지만 재배지의 환경에 따라 모양은 약간의 차이가 있다.

고려산삼의 모양

숙과 : 홍색

잎모양 :
둥근 타원형

고려산삼의 뿌리   고려산삼의 잎 모양

그러나 전문가가 아니면 거의 구분할 수가 없으므로 만주지방의 산삼을 한반도에서 채집한 산삼으로 둔갑시켜 고가에 판매하는 경우도 종종 발생한다.

산삼의 씨가 발아되면 최초의 잎은 주로 3엽의 형태이며 성장하며 4엽, 5엽으로 자란 후 가지가 2개인 각 구의 형태로 성장한다.

고려산삼 중 한반도 남쪽에서 채집되는 산삼의 잎 모양도 지역 간의 차이가 있으며 특징은 아래 그림과 같이 두 가지로 대별된다.

강원, 경북, 경기 지방의 잎 모양과 충청도 지방에서 채집한 잎 모양

강원도, 경기도, 경상도 지방에서 채집되는 산삼의 잎은 잎의 거치가 크며 끝이 뾰족한 타원형이다.

그러나 충청도 일부 지방에서 채집된 산삼의 어린 잎의 경우는 둥근 타원형으로 거치가 작으며 잎 면에 실모양의 솜털가시가 보이는 경우도 발견되었다.

또한 충청도 일부 지방에서 채집된 산삼의 잎은 다소 두껍고 엽맥이 선명한 반면에 기타 지역에서 채집된 산삼은 잎이 부드러운 특성이 있다.

이와 같이 어린산삼의 잎 모양을 자세히 살펴보면 한반도 남단에서 채집된 것이라도 다소의 차이가 있음을 알 수 있다.

이러한 잎의 모양에 차이가 있다는 것은 유구한 세월 속에 각 지역에서 서로 다른 진화과정을 거친 것으로 추정된다.

고려산삼의 대체적인 잎 모양은 5행 중 가운데 잎이 가장 크며 중심으로 한 좌우 잎이 다소 작고 대칭으로 뒤쪽 잎 2개는 둥글고 짧은 형태이다.

잎은 엽맥 중앙을 중심으로 반달형으로 대칭하는 타원형이며 자세히 보면 아주 작은 흰색 솜털 가시가 붙어 있다.

세엽 형태의 5행   광엽 형태의 5행

거치가 작은 형태의 5행   일반적인 형태의 5행

어린 5행 산삼의 잎 모양들

5엽×3엽의 2구 산삼   5엽×5엽의 2구 산삼

2구 산삼의 잎 모습

1구(5행) 산삼에서 1년~수 년의 성장과정을 거치면 가지가 2개인 2구 산삼으로 싹이 나온다

또한 2구 산삼에서 수년이 경과 하면 3구산삼이 나온다.

5엽×5엽×3엽의 3구 산삼   5엽×5엽×5엽의 3구 산삼

3구산삼의 잎 모양

4구 산삼의 잎 모양

5구 산삼의 잎 모양

만주지방의 산삼 잎과 한반도 산삼의 잎 형태는 거의 유사하다.

단지 구분하자면 본 저자가 보아온 경험상으로는 잎 간의 연결줄기가 한반도 산삼보다 만주 산삼이 다소 길다는 느낌을 받았다.

뿌리의 모양도 각 지역별로 큰 차이는 없지만 대체로 만주 지방의 산삼이 크고 턱수(뇌두에 붙어 있는 잔뿌리)가 잘 발달되었고 다소 검은 색채를 띠고 있으며 尾(잔뿌리)가 길다.

가. 한반도 고려산삼

한반도 산삼의 여러 모양

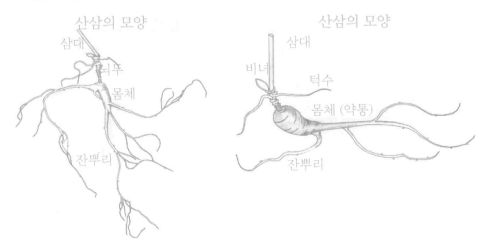

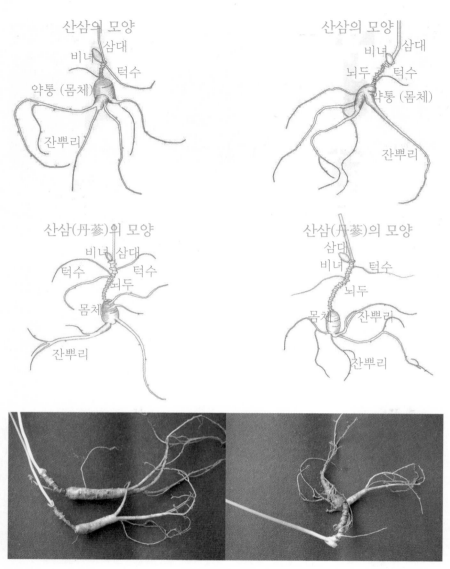

산삼의 모양
삼대
비녀
턱수
약통 (몸체)
잔뿌리

산삼의 모양
삼대
비녀
뇌두   턱수
약통 (몸체)
잔뿌리

산삼(丹蔘)의 모양
비녀 삼대
턱수   턱수
뇌두
몸체
잔뿌리

산삼(丹蔘)의 모양
삼대
비녀   턱수
뇌두
몸체   잔뿌리
잔뿌리

강원도 지역의 산삼 1

한반도 고려산삼은 남부 지방인 충청도 지방과 전라도, 경상도 지방에서 자라는 산삼(백제삼. 신라삼)과 중부 지방, 경기도, 강원도 지역에서 자라는 고려삼,

그리고 이북 지역에서 자라는 고구려 산삼으로 구분되며 뿌리의 모양은 약간의 차이가 있다.

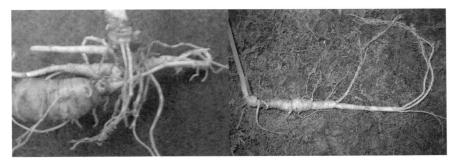

충청남도 지역의 산삼 1

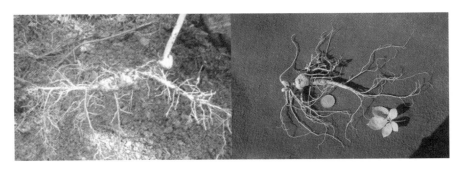

경기도 지역의 산삼 1

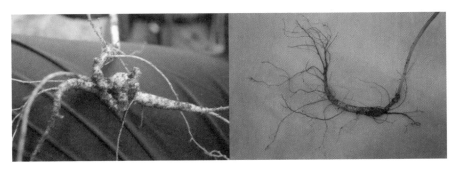

강원도 지역의 산삼 2

강원도 지역의 산삼 3

　좌측 사진은 강원도 인제지방에서 채심한 30년 이상 된 산삼이며 우측 사진은
화천에서 채심한 30년 정도 된 산삼이다.

충청남도 지역의 산삼 2

　위 사진은 충청남도 가야산에서 채심한 蔘齡이 약 40년 정도로 뇌두가 길게
잘 발달된 3구 산삼의 사진이다.

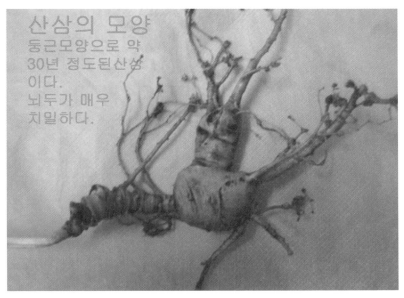

뇌두가 치밀 한 산삼

경기도 파주 지역에서 채심한 둥근 모양 단삼(團蔘)으로 뇌두가 매우 치밀하게 붙어 있다.

강원도 인제산삼
뇌두가 매우 치밀하게 붙어 있다.

강원도 정선산삼(석회암지대)
가락지가 선명한 백색산삼이다.

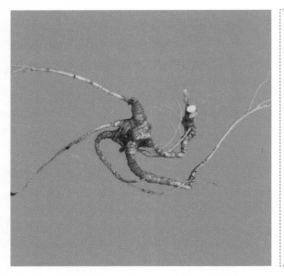

경기도 연천 지역 산삼

뇌두가 길게 형성되고 둥근 형태의 몸통에서 뿌리가 여러 갈래로 성장한 특이한 모양의 삼령(蔘齡)이 40년 정도된 산삼이다.

나. 백두산 연변 연해주 산삼의 모습

만주 지방 및 연해주 산삼은 羊角連節(몸체가 2개 이상 연결되어 있는 형태)의 경우가 많이 있으나 한반도 산삼은 양각 연절의 형태로 다소 귀하다.

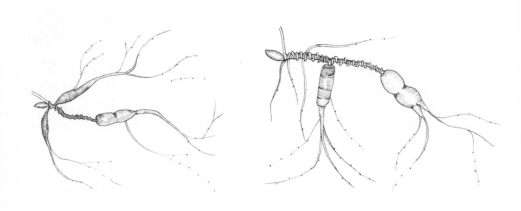

백두산 연해주 지역의 연절삼 1

백두산 연해주 산삼 2

특징은 뇌두가 길게 형성
되고 약통에 가락지가 선명
하고 색상은 한반도 산삼보
다 다소 검은색이다.

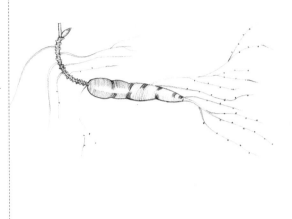

기타 백두산 연해주 산삼의 모습

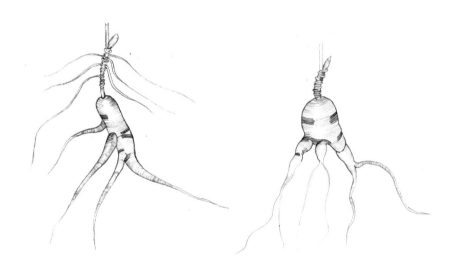

동일한 고려산삼이라고 하여도 자생지의 생육 조건의 차이(토양, 기후, 높이,
기타 환경)에 따라 오랜 기간 동안 진화하며 지역적 특성을 나타낸다.

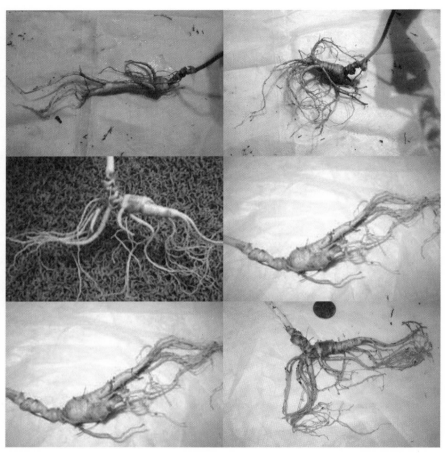

국내산에 가식한 후 판매되는 중국삼 1

　중국 산삼의 특징은 비교적 약통이 크며 턱수의 발달이 잘 되어 있고, 가락지가 잘 발달되어 있어 한반도 산삼보다 웅장해 보이며, 색상은 한반도 산삼보다 다소 검은 색이다.

　따라서 명확히 구분할 수는 없으나 육감적으로 구분이 가능하다.

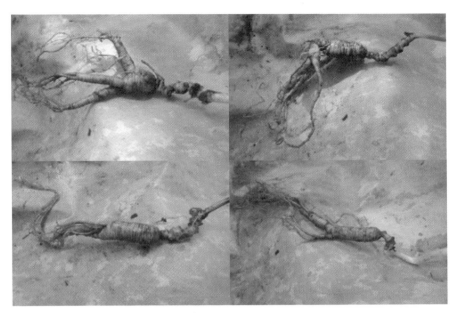

국내산에 가식한 후 판매되는 중국삼 2

위 가식한 중국 야생삼은 해발 900M 깊은 산에서 발견된 것으로 비양심적인 심마니가 현지에서 고가로 판매하기 위해 산에 심어둔 것이다.

이러한 행위는 범죄에 해당되며 모든 심마니들의 명예를 훼손시키는 나쁜짓이다.

이뿐만 아니라 중국 산삼이나 장뇌삼을 국내로 반입시킨 후 검증되지도 않은 산삼 감정서를 첨부하여 우수한 국내 산삼으로 둔갑시키고 고가로 판매하는 불법도 자주 발생한다.

중국의 장뇌삼

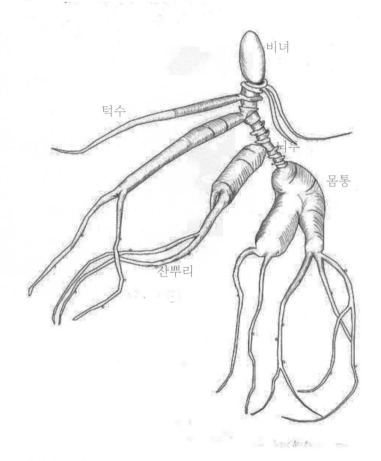

비녀

턱수

뇌두

몸통

잔뿌리

　중국 산삼이 한반도 산삼에 비하여 약성이 매우 떨어진다는 주장이 있다. 이는 명품의 중국 산삼이 아니라 재배되고 있는 장뇌 또는 산양삼을 명품 산삼으로 둔갑시켜 국내에 유통되고 있다는 점이 근본적인 문제점이다.

　백두산 주변에는 이미 수십 년 전부터 대규모적으로 장뇌삼이 재배되고 있으며 중국 산삼이든 장뇌 또는 산양삼이든 간에 원산지를 정확히 밝히고 잔류농약 검사를 필한 후 판매하면 문제는 없을 것이다.

1.3.2. 田七蔘(PANAX NOTOGINSENG FH.CHEN)

三七蔘이라고도 한다.

중국 서남부 운남성 및 사천성, 광서성 등지에서 자라며 뿌리의 모양은 소형당근 또는 더덕과 흡사하다.

전칠삼의 잎모양

잎의 모양은
고려산삼에 비하여
다소 길고 7엽이다.

전칠삼은 잎이 7엽이고 뿌리의 모양이 고려산삼과 확연히 다르므로 일반인도 쉽게 구분할 수가 있다.

전칠삼은 인삼처럼 200년 전부터 중국의 운남성과 광서성에서 재배하여 뿌리를 건조시켜 판매하거나 분말로 가공한 후 환약의 형태로 판매하기도 한다.

전칠삼은 가공 판매되며 편자환을 제조하는 원료로 사용되며 중국에서는 최고의 비약으로 "금불환"이라는 이름으로도 알려저 있다.

전칠삼의 효능에 대하여는 중국과 일본 한국에서 활발히 연구되고 있으며, 여러 약품으로 가공되어 판매 중이므로 우수한 약재 원료임에 의심이 없다.

전칠삼은 7년 동안 재배하여 전칠삼이라는 이름이 붙여졌다고도 하며
잎이 7엽이라 전칠삼이라는 이름이 사용되었다고도 한다.

1.3.3. 미국 캐나다 산삼

아메리카 대륙에는 2종의 산삼이 자생한다. 그중 고려산삼과 유사한 산삼인 화기삼(PANAX QUINQUEFOLIUM L)과 잎이 3엽이고 뿌리가 둥근 모양의 삼엽삼(PANAX TRIFOLIUM)이 있다.

3-1) 花旗蔘(PANAX QUINQUEFOLIUML)

미국 캐나다 지방에서 자라는 화기삼은 주로 로키산맥과 동북부를 중심으로 자생한다.

화기삼의 존재 확인은 중국을 방문한 프랑스 신부 자룩스가 17세기 고려산삼을 직접 먹어 보고 체험한 후 그 모양을 그림으로 그려 유럽으로 사신을 보내 지형 여건이 비슷한 캐나다에 산삼이 있을지도 모르니 확인하여 줄 것을 직접 상세히 모양을 그려서 요청하였다고 전해진다.

1716년 프랑스 선교사 라피토 신부가 캐나다에서 발견하여 1740년경부터 중국으로 수출하며 알려지게 되었다.

화기삼이라는 이름은 18세기 중국 청나라와 미국 간의 인삼교역 때 배가 미국 성화기를 달고 들어와 미국을 화기국이라 하였고 미국삼을 화기삼이라고 하였다고 전해진다.

이후 유럽 사람들에 의해 1790년도 경부터 대량 산채되어 중국과 일본으로 수출하기 시작하였으며 판매상은 막대한 이익을 얻었다.

지금도 화기삼이 최대로 교역하고 있는 인삼이다.

과거 한반도대륙과 아메리카대륙이 서로 연결되어 있었을 것으로 추정되며 산삼뿐만 아니라 송이버섯 등 유사한 식물들이 아메리카대륙에서도 자란 것으로 보인다.

따라서 고려산삼과 유사한 산삼이 미국 화기삼이라고 할 수 있겠지만 자생지의 환경과 기후 조건 등에 적응하면서 수천만 년 서로 상이한 진화 과정을 거쳐 현재에 이르렀으므로 약성 등에는 큰 차이가 있다고 여러 학자에 의하여 보고되고 있다

화기삼의 잎 형태는 고려산삼과 유사하지만 자세히 보면 구분을 할 수가 있다.

잎의 끝은 뾰족하며 거치가 크고 다이아몬드형의 타원형이며, 뿌리의 형태는 고려산삼과 도라지의 중간 형태의 모습이며, 유백색 또는 거의 백색에 가깝고 뇌두는 잘 발달되어 있다.

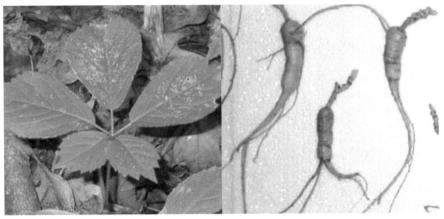

미국 산삼의 잎 모양   미국 산삼의 뿌리 모양

꽃의 모양과 열매는 고려산삼과 유사하며 숙과의 색상 역시 유사한 붉은색이다.

야생 화기삼은 정부허가를 받은 심마니가 채심하여 판매하며 재배삼은 최초 버지니아에서 1870년대 재배가 시작되었고 그 후 윈스컨신 주, 미시간 주, 오하이오 및 미네소타 등에서도 재배하였으며 캐나다 온타리오, 브리티쉬 콜럼비아 등에서 재배한다.

재배 형태는 일반 재배삼과 숲 재배삼, 반야생삼(장뇌삼), 야생삼으로 분류된다. 숲 재배삼과 야생삼의 수요가 증가하고 있어 비중도 늘어나는 추세다.

중국인들이 처음에는 고려산삼과 같은 약효가 있는 것으로 알고 복용하였으나 그 약효가 고려산삼에 비하여 떨어짐을 알게 된 후로는 수요가 격감하였다.

모든 미국, 캐나다 산삼이 천연산삼이라고 믿어서는 안 되며 최근에는 대부분이 재배삼이거나 산에 씨를 뿌린 후 수확하는 장뇌삼 형태가 많다.

미국 산삼의 뿌리 특징은 어린 삼은 고려산삼과 도라지의 중간 형태이나 오래된 산삼은 뇌두에 붙어 있는 턱 수가 잘 발달하여 여러 개의 약통이 형성된다.

미국 산삼의 뇌두 모양   미국 산삼의 열매 모양

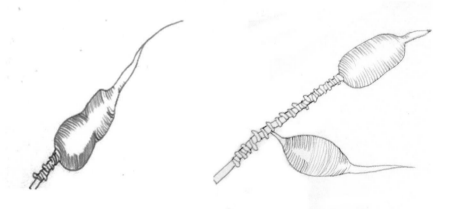

미국 산삼의 일반적 뿌리 모양   미국 연절 산삼의 뿌리 모양

    미국삼의 경우도 나이가 먹으면 연절삼의 형태로 나타나는 경우가 많이 있으며 다연절 형태도 있다.

    이러한 다연절 산삼은 한반도에서 채심되는 고려산삼의 경우에는 확인 되지 않는다.

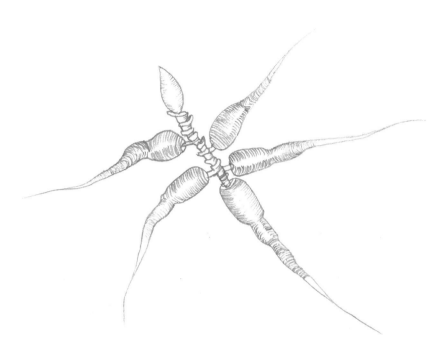

미국 다연절 산삼의 뿌리 모양

3-2) 三葉蔘(PANAX TRIFOLIUM)

삼엽삼의 학명은 PANAX TRIFOLIUM이다.

캐나다 동부에서 서부지방과 미국 조지아주. 앨리바마주 등에서 자라며 잎은 3~5엽이고 뿌리는 둥근 형태로 호두알 모양이며 뇌두는 길다.

고려산삼에 비하여 잎의 폭이 좁고 거치가 크며 작아 고려산삼과는 확연하게 구분된다.

또한 키가 작아서 난쟁이삼(Dwarf ginseng)이라고 하며 호두모양이어서 땅콩삼(Ground Nut ginseng)이라고도 한다.

삼엽삼의 꽃은 고려산삼(작은 별꽃 모양)과는 확연하게 다른 대롱이 달린 별꽃모양의 흰꽃이다.

숙과도 고려산삼과 회기삼의 붉은 색과는 다른 노란색으로 알려져 있다.

삼엽삼은 약성이 회기삼보다도 못하여 거의 재배를 하지 않는다.

삼엽삼의 잎모양

잎의 모양은 고려산삼에 비하여 다소 길고 가는 형태며 3~5엽이다.

미국 삼엽삼의 뿌리 모양

뿌리 모양은 고려삼과 달리 둥근 탁구공 모양이다.

1.3.4. 竹節蔘 (PANAX JAPONICUS CAMAYER)

죽절산삼의 학명은 PANAX JAPONICUS CAMAYER이다.

죽절삼은 일본에서 자라는 산삼의 일종이다. 그러나 중국의 서남부와 네팔등지에서도 자란다. 고려산삼의 변종으로 추측된다.

일본 죽절삼의 잎모양
고려산삼의 잎과 유사하다.

일본 죽절산의 뿌리 형태

숙과: 홍색

잎모양: 둥근 타원형

죽절산삼의 잎 모양

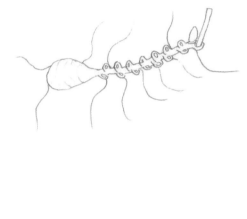

죽절산삼의 뿌리 모양

죽절삼이란 이름은 뿌리 모양이 대나무 마디처럼 생겨 붙여진 이름이며 마치 둥굴래 뿌리와 유사하게 뇌두형태를 이루며 자라고 맨 아래 부분은 작고 둥근 형태를 보인다.

잎 모양은 고려산삼과 거의 구분이 되지 않으며 뿌리 중 죽절 부분에는 많은 잔뿌리가 형성되지만 턱수로 발달하지 않는다.

1.3.5. 히말라야 산삼 (PANAX PSEUDOGINSENG)

히말라야 산삼의 학명은 PANAX PSEUDONGINSENG이다.

그러나 명확히 알려지지 않은 종이 여러 개 존재하며 잎의 형태는 구절 형태의 5엽인 구절삼이 있고 고려산삼의 잎과 유사하지만 좁고 긴 형태의 잎을 가진 산삼도 존재한다.

히말라야 삼의 잎모양

잎의 모양은 단풍잎과 유사하며 가는 형태로 5~7엽이다.

히말라야 구절삼의 잎 모양   네팔 주자삼의 잎 모양

히말라야 지방에서 자라는 구절삼은 잎의 형태는 마지 단풍잎과 유사하며 주자삼은 고려산삼의 잎과 유사하지만 다소 좁고 긴 타원형의 모습이다.

이외에도 여러 종의 산삼이 자생하며 자생 지역도 네팔과 중국. 인도 북부 등 광범위하며 뿌리의 형태도 매우 다양하고 고려산삼과는 차이가 있어 구분이 용이하다.

히말라야 산삼은 재배를 하지 않는 자연산이며 그 약성은 고려산삼에 뒤떨어지지 않는다고 알려져 있다. 뿌리의 형태도 매우 다양하며 고려산삼과는 차이가 있어 구분은 용이하다.

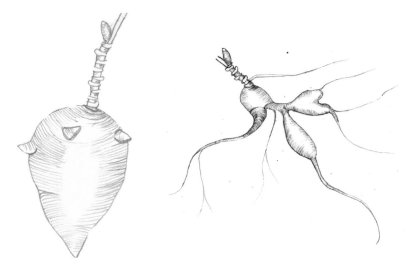

감자형태의 산삼 뿌리 모양　　　　　네팔 산삼의　뿌리 모양 1

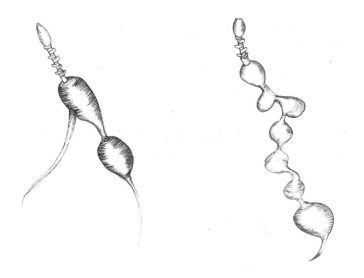

네팔 산삼의　뿌리 모양 2

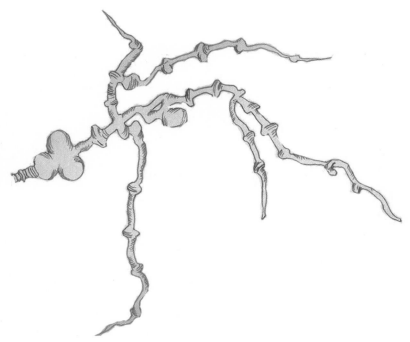

네팔 산삼의 뿌리 모양 2

1.3.6. 베트남 산삼 (PANAX VIETNAMENSIS)

베트남 산삼의 학명은 PANAX VIETNAMENSIS이며 고려산삼과 잎의 형태는
비슷하지만 길고 가늘다.

베트남에서 산삼이 발견되어 더운 지방에서도 산삼이 자생함이 확인되었다.
특징과 약성은 잘 알려져 있지 않으나 뿌리의 모양은 고려산삼과 유사하고 둥근
혹 모양이 뿌리에 붙어 있다.

베트남 북부지방 고산지대에서 약용으로 재배하고 있다.

베트남 산삼의 잎 모양   베트남 산삼의 뿌리 모양

　숙과의 열매는 적자색으로 고려산삼의 붉은색과는 차이가 있고 삼엽은 한반도 산삼보다 폭이 다소 좁으나 전체 형상은 매우 유사하다.

　위 설명과 같이 지구상에는 고려산삼과 유사한 여러 종의 산삼이 자생한다. 그중 학자들의 발표에 따르면 고려산삼과 가장 유전학적으로 가까운 것이 미국 화기삼과 일본의 죽절삼이다.

　고려산삼의 경우 발견된 사포닌의 수가 32종 이상으로 보고되고 있으며 화기삼과 전칠삼 등은 16종 내외의 사포닌이 보고되어 그 수의 차이가 있다.

　또한 고려산삼은 특유의 다당체를 형성하는데 오래된 산삼은 고유의 단맛이 난다. 이 다당체는 인삼에도 매우 소량이 포함되는데 다당체가 암에 대한 회복에 대단한 효과가 있음이 입증되어 특허를 취득하여 판매하는 제품도 있다.

　고려 인삼의 우수성은 그것보다도 4개절의 기온차가 뚜렷하고 기타 여러 가지 환경 여건에 따른 것으로 그 우수성이 여러 학자들에 의해 입증되고 있다. 산삼의 효과는 인삼보다 월등하며 약성보다는 기타 화기삼. 전칠삼 등의 약성이 고려산삼보다 미흡하다는 것은 자명할 것이다.

각국 여러 종의 산삼 뿌리의 형태와 잎의 형태를 보면 미국의 삼엽삼은 잎의 모양과 뿌리 모두 고려산삼과는 차이가 있어 구분이 용이하다. 중국의 전칠삼은 잎이 7엽이고 뿌리 모양도 고려산삼과는 차이가 있다.

베트남 산삼은 잎의 모양은 고려산삼과 유사하나 뿌리는 기둥 형태에 둥근 원형모양(주자삼)이 붙어 있어 구분이 용이하다.

히말라야 산삼은 잎의 모양이 구절삼 또는 잎폭이 좁고 길며 뿌리도 다양하지만 고려산삼과는 확연한 차이가 있다.

미국 화기삼은 잎의 모양은 약간의 차이가 있으나 뿌리의 형태는 색상이 다소 흰 편이지만 전문가가 아니면 잘 구분하지 못한다.

고려산삼 중 러시아 연해주 지방의 산삼과 백두산 북쪽의 만주지방의 산삼이 있는데 학술적으로는 모두 동일종으로 취급하지만 약성은 떨어진다고 알려져 있다.

또한 북한에서 생산되는 산삼은 남한의 산삼보다 그 품질이 떨어진다고 하는데 이에 따른 정확한 데이터는 없다.

그러나 산삼을 판매하는 사람이나 소비자들은 대체로 남한에서 채집된 산삼을 더 질이 좋은 산삼으로 취급한다.

1.4 산삼의 각 부위별 명칭

산삼의 부위별 명칭

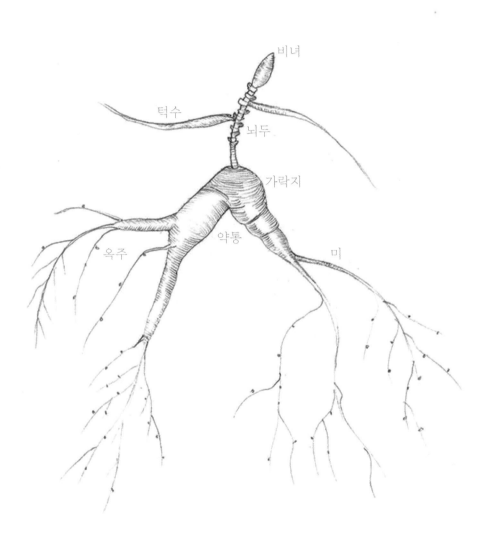
비녀
턱수
뇌두
가락지
약통
옥주
미

뇌두 :산삼이 매년 싹 대를 틔운 흔적이다. 뇌두에는 좁쌀 모양의 돌기부와
     홈이 생기는데 이것은 삼대가 떨어지면서 생긴 흔적이다.
     이러한 흔적은 계속 이어지면서 연결되는데 그것을 뇌두라고 한다.
     뇌두는 초기에는 매우 작게 형성되며 나이가 먹을수록 삼대가 굵어 지
     고 뇌두도 커진다. 성장 중 뇌두가 손상되면 몇 년 잠을 잔 후 새로운
     싹이 나오며 이때 형성되는 뇌두는 대체로 작다.

비녀 :삼대는 늦은 가을에 떨어지는데 그 이전에 이미 다음해 나올 싹눈이 붙
     어 있다. 이것을 비녀라고 하며 뇌두가 형성되는 이유이다.
     삼대가 떨어지기 이전 그 옆 부분에 삼대와는 다른 위치에서 싹눈이
     생겨 그 흔적이 뇌두로 남는 것이다.

턱수 :뇌두에서 자란 수염의 모양
     턱수가 발달하면 제2의 약통이 형성되기도 하며 이러한 형태를 연절삼
     이라고 한다.

가락지 (횡취) : 산삼이 성장하며 움직이는데 이때 토양의 저항에 의해 생기는
     주름의 모양이다.
     따라서 토양의 강도에 따라 가락지의 깊이가 결정된다.
     가락지가 선명하면 오래된 산삼이고 선명하지 않으면 어린 산삼이라
     는 것은 근거가 없다.

원목 :초기의 뇌두가 조밀하게 붙은 상태로 성장하면 그 흔적이 거의 보이
     지 않는데 몸통과 뇌두 사이의 가지 형태(원래는 뇌두임)를 말한다.

약통 : 삼의 뿌리 몸체

미(尾): 약통 즉 몸통에서 뻗어 내린 잔뿌리

옥주 : 잔뿌리가 떨어지고 다시 나면서 생긴 아주 작은 원형체 모양을 말한
다.

1.5 산삼에 대한 기록

산삼에 대한 최초의 기록은 약 2천 년 전(BC 48~33년) 진한 후기 사유(史游)가
쓴 급취장(急就章)에서 발견된다.

그 후 AD 107~124년 후한 안제시대 허진의 저서인 설문(說文)에서 인삼이라는
말이 나타나며(AD 196~220년) 장중경(張仲景)의 상한론(傷寒論)에 약 처방에 대
한 기록이 보인다.

중국 양나라의 학자 도홍경(452~536년)은 『명의별록』에서 "인삼은 백제의 것
을 중히 여기는데 형체가 가늘고 단단하며 희다.

다음으로 고려(고구려)의 것을 쓰는데 형체가 크고 허해 백제의 인삼만 못하
다"고 적었다. 5~6세기 중국 의학계에도 한반도의 인삼이 귀한 약재로 알려져 있
었음을 보여준다.

그 후 명대(明代) 이시진(李時珍)이 저술한 본초강목(本草剛目)에서 삼국시대
의 산삼에 대하여 자세하고 다양하게 기록하였다.

우리나라에서는 삼국시대에 이미 산삼을 약용으로 사용하였으며 한국 역사책
에서 인삼이 처음 등장한 때는 고구려 장수왕 23년(서기 435년)이다.

중국 북방의 유목민족인 선비족이 세운 북위와 외교 관계를 맺으면서 산삼을
선물로 보냈다는 기록이 남아 있다.

백제 성왕 27년(서기549년)에 중국의 초나라와 인삼을 교역하였고 신라 제26
대 진평왕(서기 579~ 632년)이 산삼을 예물로 당태종에게 보낸 기록이 있다.

또한 성덕여왕(서기 702~737년) 시절에도 당나라 황제에게 진상하였다는 기록
이 있으며 발해 문왕(서기 739년)은 일본과 인삼교역을 하였고 조선왕조 신록을
살펴보면 일본 대마도를 통하여 들어오는 일본의 사신들에게 산삼을 하사 하였
다는 기록도 있다.

그 이후 고려 조선시대까지 중국에서 들어 오는 사신을 통하거나 나라에서 중
국으로 가는 사진을 통하여 진상하는 주요 품목이 되었다.

국가가 각 지역으로부터 산삼을 공출함에 따라 고려후기부터 산삼의 수요가 부족하게 되자 산삼을 채집 확보하기 어려워 일부 심마니가 산에 씨를 뿌리고 재배를 시작하게 되었다.

조선시대에 이르러서는 공출할 산삼이 귀하게 되자 산삼의 자생지를 조사한 후 일반인이 산삼을 채집하지 못하도록 산삼 봉표를 설치하며 출입을 금지하였다.

일제의 침탈 후에는 조선총독부가 인삼의 재배 및 판매를 통제하는 전매법이 시행되어 1995년대까지 통제되었다.

서양인에게 산삼이 알려진 것은 프랑스 신부 자록스가 17세기경 중국에 파견되어 만주지방에서 산삼을 복용한 후 그림으로 그려 기록을 서양에 전달하였으며 환경이 비슷한 캐나다 지방에도 산삼이 자생할지 모르니 조사하여 달라고 요청하게 되었다.

이에 따라 그림을 가지고 캐나다로 건너간 프랑스 선교사 라피트 신부가 1716년 원주민들이 산삼을 약용으로 복용하고 있음을 발견하게 되었다.

캐나다와 미국에서는 2가지의 산삼(화기삼. 3엽삼)이 발견되었는데 고려삼과 뿌리의 모양이 유사한 화기산삼의 채집 붐이 일었고 중국과 일본까지 수출하게 되었다.

1-6 산삼의 수명

가끔 언론이나 방송에서 수백 년 된 산삼을 발견하였다고 발표하는 것을 접한 경우가 있다.

또한 전설에 의하면 5백년 된 산삼을 먹고 죽기 직전 상태에서 깨어났다는 이야기를 들은 적도 있다.

과연 산삼이 수백 년을 살아왔을까? 또한 최근에도 수백 년 된 산삼이 존재할까?

이것은 산삼의 신비함을 과대 포장하여 온 것이며 명약으로 희귀성을 강조하여 그 가치를 극대화하기 위한 방법의 일환이다.

산삼은 초본식물이다.

수백 년 살아가는 나무도 사실상 귀하며 수백 년 된 산림으로 우거진 임야도 흔하지 않다.

또한 백 년 또는 수백 년 된 산삼을 발견하였다고 하나 그 나이가 과학적으로 검증된 것도 아니다.

초본식물인 산삼의 수명은 최대한으로 150년 이내로 보아야 할 것이다.

신문지상이나 매스컴을 통하여 백년 이상 된 산삼이라고 떠들어대는 산삼을 본인이 추정하여 감정한 결과 대략 10년~50년 정도인 것이 대부분이다.

6.25전쟁으로 인하여 국토가 황폐화되었고 그전 일제 강점기에도 산림의 대부분 훼손되어 강원도 등 일부 깊은 산을 제외하고는 울창한 산림이 거의 없었다.

최근 60년대부터 조림사업에 의해 산림이 형성된 지는 불과 40년 정도이다.

따라서 이러한 조림 지역에서는 30년 된 산삼도 발견할 수가 없다.

현재 대부분 산삼은 10~20년 정도의 산삼으로 그것도 인삼포 주변에서 인삼 씨가 조류에 의하여 산으로 옮겨져 자라는 1대, 2대, 3대의 야생 산삼들이 대부분인 실정이다.

결론적으로 50~100년 된 천종산삼이라고 하는 것이 매년 수십, 수백 뿌리가 채집될 수 없음은 자명한 것이다.

이는 일부 몰지각한 장사꾼들이 나이를 부풀려 고가로 판매하려는 수단에 불과하므로 특히 유의하여야 한다.

또한 중국과 미국 등에서 밀반입된 수년생 장뇌삼을 산에 가식하여 두고 천연 산삼인 양 채집하여 판매하는 경우도 많이 있다.

이러한 행위는 명백한 범죄에 해당한다.

어느 효자가 병든 어머니를 지극정성으로 돌보다가 꿈에 산신령이 산삼의 위치를 알려주어 그곳을 찾아가 한겨울에 눈 속에 붉은 열매가 매달린 산삼을 발견하고 채심하여 병든 어머니에게 드린 후 병이 나았다는 전설을 가끔 접하게 된다.

이것이 진실일까?

이것은 전설에 불과하다. 산삼은 늦은 가을에 삼 잎이 노랗게 단풍지어 떨어진 후 겨울 동안 잠을 잔 후 4월 하순 봄에 다시 싹이 나온다.

따라서 한겨울에 산삼의 열매나 잎을 볼 수가 없으며 채심 또한 불가능하다.

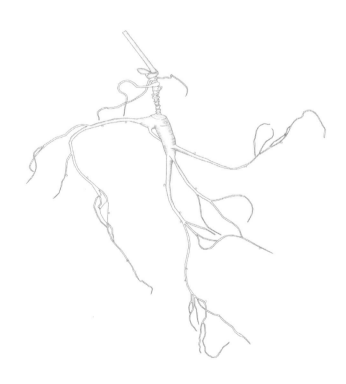

제2장 산삼의 성장과 나이

II. 산삼의 성장과 나이

2.1 산삼의 씨앗

산삼의 열매   산삼의 씨앗

산삼은 잎과 동시에 꽃대가 나오며 7월경에 붉은 열매가 달린다. 8월 이후 숙과를 새가 먹고 배설하거나 열매가 떨어지면 그 다음해 또는 한해를 걸러 발아 된다.

2.2 최초의 발아(삼엽)

3엽 (최초의 싹)

최초로 대부분 3엽(간혹 2엽)으로 싹이 나온다.

3엽 (최초의 싹)

씨가 떨어진 후 싹이 트는데 대부분이 3엽으로 나온다.

가을에 산삼의 씨를 새가 먹고 배설하거나 씨가 땅에 떨어진 후 1~2년 경과하면 개갑이 되며 이른 봄에 싹이 나오게 된다.

최초 산삼이 발아되어 싹이 나오는 모습

씨앗의 껍데기에서 싹이 나오면 껍데기가 붙어 있는 상태로 우선 삼대가 나오며 가는 뿌리를 내린다.

3엽의 싹   4엽의 싹

뿌리의 모양은 아주 작고 가는 실뿌리 형태로 개갑된 표피가 그대로 붙어 있다.

이때 잎 면을 자세히 보면 아주 가늘고 작은 솜털이 붙어 있으며 잎을 복용 하여 보면 이미 삼의 고유한 향을 느낄 수가 있다.

그러나 가을 처서 이후에는 아주 작지만 삼의 뿌리 형태로 성장한다

인삼의 경우는 그 다음해 1구 5행으로 싹이 나오지만 산삼의 경우는 5년이 지나도 3엽인 경우를 확인하였다

1년생 3엽의 경우는 뿌리에 개갑된 씨앗이 붙어 있으나 2년 이상된 3엽의 경우는 뿌리가 성장하여 개갑된 씨앗이 붙어 있지 않다.

어린 뿌리가 형성된 3엽의 싹

3엽의 산삼과 인삼 나이

구분	성장 과정 나이		
	산삼	야생삼	장뇌, 산양삼
성장년도	1~5년	1~2년	1~2년

2.3 1구 5행

1구 3엽에서 그 다음해 또는 수년이 지나면 1구 5엽의 싹이 나온다. 이것을 5행 이라고도 한다.

나이는 2~3년차가 대부분이므로 1구 5행인 경우는 대부분 뇌두는 형성되지 않 거나 한두 개가 붙어 있다.

그러나 자생지의 환경에 따라서 10년이 넘은 산삼도 간혹 발견된다.

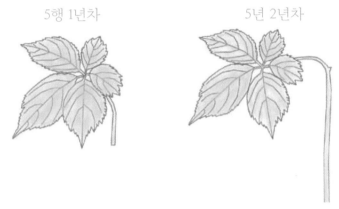

5행 1년차   5년 2년차

위 여러 사진의 1구 5행의 산삼 잎을 자세히 살펴보면 잎의 모양에 약간의 차이 가 있다.

1구 5행의 싹 1

1구 5행의 싹 2

1구 5행의 싹 3

2.3.1. 1구 산삼의 뿌리

1구산삼은 2년차부터 20년차 이상도 있다.

따라서 뿌리의 모양도 나이에 따라 차이가 있으며 3~4년차 뿌리부터는 조상의 유전적인 특성에 따라 모양이 형성된다.

이때 둥근 형태의 산삼으로 자랄 것인지 아니면 긴 형태의 산삼으로 자랄 것인지를 알 수가 있다. 삼의 성장 형태와 모양이 반드시 유전적인 특성으로만 결정되는 것은 아니다.

토양의 형태와 토질에 따라서 모양이 결정되는 경우도 많이 있다.

위 사진은 충청도 지방에서 채심한 10년 이상 된 1구 5행 산삼으로 뇌두가 길게 자라고 몸통이 둥근 형태로 자라고 있다

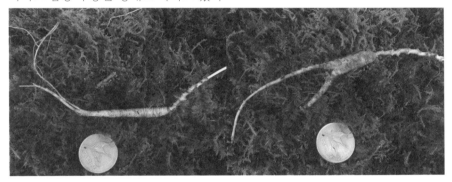

위 사진은 강원도 철원 지방에서 채심한 15년 이상 된 1구 5행 산삼으로 뇌두가 길게 자라고 몸통이 긴 형태로 자라고 있다

사진은 강원도 철원의 동일한 장소에서 채심한 1구~3구 산삼으로 1구 산삼이 2구~3구 산삼에 비하여 삼령(蔘齡)이 어리지 않다.

산행 시 발견한 1구 5행의 산삼 잎을 5년간 관찰한 바 4년 동안 계속 1구 5행으로 싹이 나왔으며 5년차에 2구(5행×3엽)로 성장하였다. 이와 같이 자연산삼은 인삼이나 산양삼에 비하여 성장속도가 매우 느리다.

1구 5행 산삼의 나이

구분	성장 과정 나이		
	산삼	야생삼	장뇌, 산양삼
성장년도	3~20년	2~5년	2~3년

2.4 2구 산삼

2구 산삼이란 가지가 2개인 산삼을 말하며 각구라고도 한다. 인삼의 경우 2~3년이면 대부분 2구 삼이 되지만 산삼의 경우는 20년 이상 된 2구 산삼도 자주 발견된다.

2구산삼 (5행*3엽)

2구 (5*5엽)

5행에서 그다음해 2구가 되면 대체로 5엽*3엽의 형태이다.

장 뇌 : 4~5년
야생삼 : 7~8년
천연삼 : 10년정도

2구(5*3엽)에서 다음해 5*5엽으로 싹이 나온다.

장 뇌 : 4~5년
야생삼 : 7~8년
천연삼 : 10년정도

1구 5행에서 수년 경과하면 2구(각구) 산삼으로 싹이 튼다

1구 5행에서 1~10년 성장을 거듭한 후 2구로 싹이 나오는데 최초의 2구 산삼은 잎이 5엽×3엽 또는 5엽×4엽으로 싹이 나온다.

2구 삼의 비녀   2구 삼의 잎이 나오는 과정

2.4.1 5행×3엽. 5행×4엽

5엽×3엽의 모습   5엽×4엽의 모습

이때는 3~5년차의 장뇌나 산양삼의 경우도 뇌두가 1~3개 형성되는데 이것으로 나이를 판별할 수 있다.

2.4.2 5행*5행

2구 5행*3엽에서 1년~2년이 지나면 2구 5행*5행의 모양으로 싹이 튼다.이때는 이미 산삼의 씨가 발아되어 최초로 싹을 틔운 후 4~10년 이상을 지난 상태이다.

5엽×5엽 2구 산삼의 잎이 벌어지고 있는 모습

잎이 벌어져 가는 과정의 사진으로 싹이 나온 후 5~6일이 지나면 완전히 잎이
핀다

5엽×5엽 2구 산삼의 잎 모습

2.4.3 2구 산삼의 뿌리

2구 산삼의 뿌리 모양은 매우 다양하게 나타나며 장래 성장된 산삼의 모습을
대략적으로 추정할 수가 있다.

뿌리와 뇌두에 싹이 난 흔적으로 산삼의 나이를 판단할 수 있으며 뇌두가 십수
개인 산삼도 있는 반면 2~3개정도만 형성된 야생산삼과 장뇌삼, 산양삼도 있다.

인삼의 뇌두는 몸통에 붙어 나오며 산삼의 뇌두는 대롱 형태로 몸통 상단 옆 방
향으로 돌아가며 형성되므로 구분이 가능하다.

그 이유는 삼포는 흙을 성토하고 삼을 심어 급속하게 성장을 유도하므로 몸통이 급속히 성장하고 몸통부분이 거의 노출되므로 뇌두가 형성되지 않는다.

산삼의 경우도 반드시 뇌두가 위로 자라는 것은 아니며 토양의 질 경사도 등에 따라 매우 다양한 형태로 나타난다. 그러나 매년 싹이 자란 자리는 뇌두갈이를 하지 않는 한 그 흔적이 남게 된다.

뇌두갈이를 하고 잠을 오랫동안 잔 후 싹이 나오는 경우는 오래된 산삼이 라도 2구로 나오는 경우가 많이 있다.

따라서 2구 산삼은 어린 산삼이라고 단정하면 안 되며 산행 시 채집하여 나이를 측정한 후 어린 삼이면 정성껏 다시 심어 후일을 기약하기 바란다.

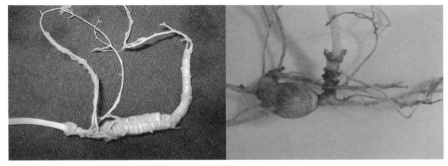

삼령이 5~6년 정도인 2구 산삼의 뿌리 모습

충청도에서 채심한 어린 야생삼으로 뇌두에 싹이 나온 흔적이 가 3~4개이며 좌측 사진은 몸통에 가락지가 발달되어 있고 우측사진은 몸통에 가락지가 없는 매끈한 모습이다.

삼령이 4년 정도인 어린 2구   삼령이 7년 정도인 어린 2구

삼령이 10년 정도인 2구 산삼의 뿌리 모습

강원도 화천에서 채심한 2구 산삼으로 좌측 사진은 가락지가 선명하고 뇌두갈이 한 흔적이 있다.

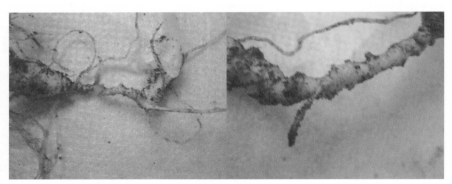

삼령이 10년 이상인 2구 산삼의 뿌리 모습

강원도 인제군 화강암 지대에서 채심한 2구 산삼이며 뇌두에 싹이 나온 흔적이 8~9개 정도인 삼령이 10년~12년 정도로 추정되는 어린 산삼이다.

자생지의 토양은 풍화된 유백색상의 화강암으로 산삼의 색상은 연한 우유빛이며 뇌두가 잘 형성되었다.

산삼은 성장이 매우 느려 사진과 같이 10년이 지난 경우에도 2구 산삼으로 나오는 경우가 자주 있다.

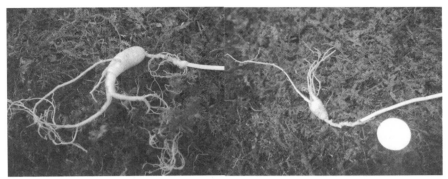

삼령이 10년 이상인 2구 산삼의 뿌리 모습

강원도 철원에서 채심한 뇌두가 길게 자란 2구 산삼이다

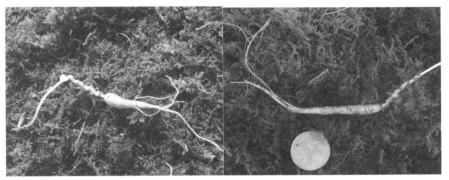

삼령이 10년 이상인 2구 산삼의 뿌리 모습

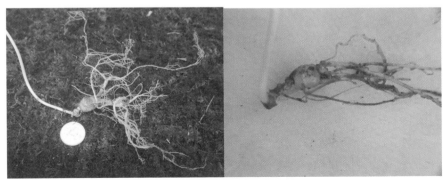

삼령이 10년 이내인 2구 야생삼의 뿌리

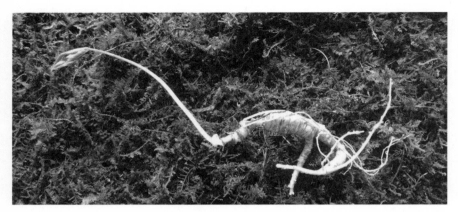

삼령이 10년 이내인 2구 야생삼의 뿌리

강원도 철원군에서 채심한 2구 산삼으로 뇌두에 싹이 나온 흔적은 6개 이며 가락지가 선명하고 곡삼 형태로 성장하는 산삼이다.

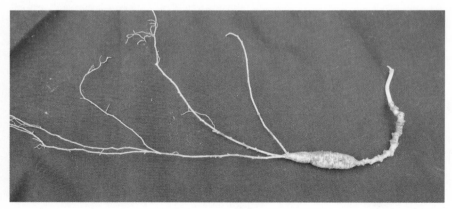

삼령이 20년 정도인 2구 산삼의 뿌리

강원도 화천군 민통선 내부에서 채심한 2구 산삼이며 뇌두가 길게 자라고 옥주도 붙어 있는 우수한 품종이다.

구분	성장 과정 나이		
	산삼	야생삼	장뇌, 산양삼
성장년도	5~20년	3~10년	3~5년

2,5 3구 산삼

2.5.1 잎의 모양

2구 산삼에서 수년 또는 십수 년이 경과하면 3구 산삼으로 자란다. 초기의 3구 산삼은 5행×5행×3엽으로 나오거나 5행×5행×4엽으로 나온다.

3구 산삼은 성장이 느린 경우 40년 된 산삼도 있다.

그러나 인삼의 경우는 2년~3년 성장하면 3구 삼이 되며 장뇌나 산양삼의 경우도 3~5년 정도에 3구 산삼이 되는 경우가 허다하다.

3구 1년차 (5엽*5엽*5엽)

3구 2년차 (5엽*5엽*4엽)

3구 3연차 (5엽*5엽*5엽)

3구 산삼의 최초 잎은 5엽×5엽×3엽으로 싹이 나오며 그 다음해는 5엽×5엽×4엽으로 나온다.

또 1년~2년이 지나면 정 3구 산삼인 5엽×5엽×5엽으로 나온다.

5엽×5엽×3엽

5엽×5엽×5엽

3구 산삼의 잎 모양도 채집 장소에 따라 약간의 차이가 있다.

5엽×5엽×5엽

5엽×5엽×5엽

좌측의 3구 산삼 사진은 강원도 강선 지역의 산삼 잎으로 잎이 황금색에 둥근 모양이다. 우측 사진은 경기도 연천 지역의 3구 산삼 잎으로 연두색이며 잎은 타원형이다.

3구산삼의 발아과정

2.5.2 3구 산삼의 뿌리

3구 산삼의 뿌리는 매우 다양한 형태로 나타난다. 그 이유는 3구 산삼의 경우 삼령(蔘齡) 즉 나이가 6년~40년까지 있기 때문이다.

3구 산삼부터 산삼 씨의 종자에 따라 그 성장연도에 많은 차이가 있다. 또한 자생지의 형태에 따라서도 많은 차이가 있다.

재배하는 장뇌삼의 경우는 4~5년 정도면 3구 삼이 나온다. 인삼 씨가 산에 떨어져 자라는 경우도 5~6년이면 3구 산삼이 나온다.

그러나 씨 장뇌나 천연 산삼의 경우는 수십 년이 경과한 경우도 흔히 있다.

가. 삼령이 10년 이내인 야생삼의 뿌리 모양

삼령이 10년 이내인 야생삼이나 산양삼 또는 장뇌삼의 경우 뇌두가 짧으며 약통은 큰 경우가 많다.

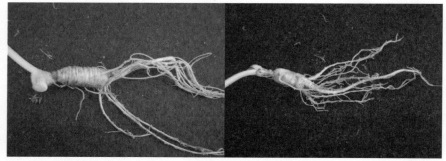

어린 3구 산삼의 뿌리 모습 1

강원도 홍천에서 채심한 삼령이 4~5된 정도로 추정되는 어린 3구 산삼으로 잔뿌리가 정리되지 않은 상태이다.

어린 3구 산삼의 뿌리 모습 1

경기도 이천지방에서 채심한 3구 산삼이다 좌측의 야생삼은 잔뿌리가 발달된 모습이고 우측의 야생삼은 약통이 비교적 크고 잔뿌리가 없는 모습이다.

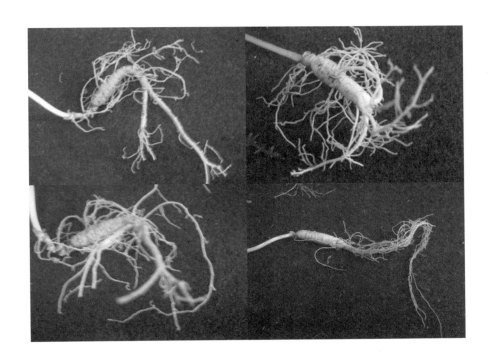

충청남도에서 채심된 어린 삼구 야생삼으로 인삼포에서 조류에 의해 야산에 배설되어 성장한 야생삼으로 잔뿌리가 정리되지 않았다.

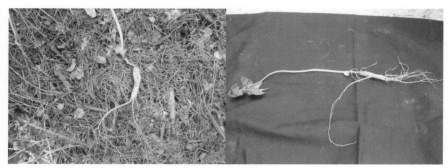

강원도 홍천에서 채심한 3구 산삼으로 삼령은 10년 정도로 보여 지며 미(尾)가 어느 정도 정리된 모습이다.

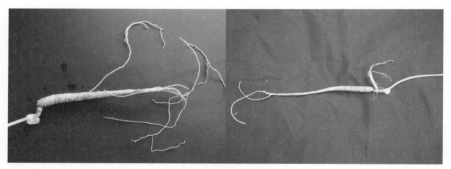

강원도 화천에서 채심한 3구 산삼으로 가락지가 선명한 산삼이며 좌측 산삼은 뇌두갈이가 있었고 우측 산삼은 턱수가 굵게 나오고 있다.

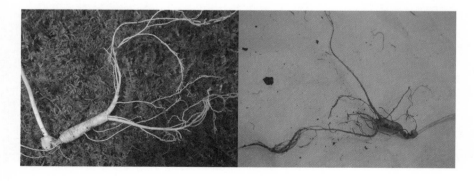

미(尾)가 정리된 3구 산삼으로 삼령은 10년 내외로 보이는 우수한 종자이다.

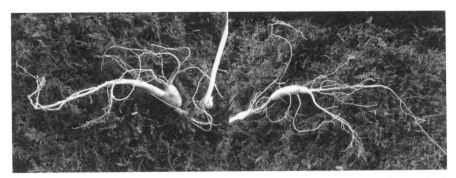

강원도 철원자방에서 채심한 3구 산삼으로 삼령은 20년 내외로 보이는 우수한 산삼이다.

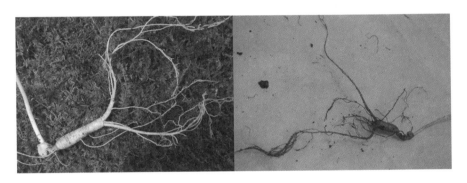

강원도 철원에서 채심한 3구 산삼으로 미가 정리되었고 삼령은 약 20년 정도인 산삼이다.

강원도 화천에서 채심한 3구 산삼으로 뇌두가 잘 발달되어 있다.

몸통의 끝부분은 땅속의 작은 동물에 의하여 일부 훼손되었고 미는 잘 정리되었다.

삼령(蔘齡)은 약 30년 정도로 추정되는 우수한 종자의 산삼이다.

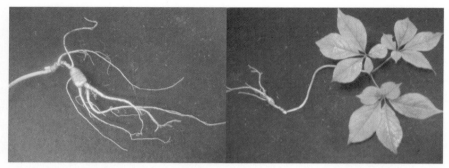

강원도 정선에서 채심한 3구 산삼으로 삼령은 약 20년 정도이며 미가 정리된 우수 품종의 산삼이다.

강원도 화천 지방에서 채심한 3구 산삼으로 약 20년 정도 된 미가 정리된 산삼이다.

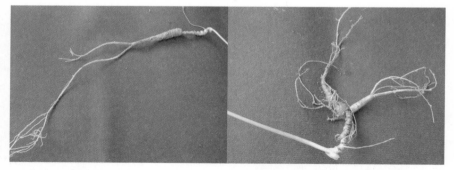

강원도 철원에서 채심한 3구 산삼으로 삼령은 약 25년 이상 된 산삼이다.

충청남도 예산군 가야산에서 채심한 산삼이며 삼령(蔘齡)은 40년 정도이다.

뇌두가 길게 잘 발달되어 있고 뿌리는 양 갈래로 뻗어 있으며 미(尾)가 없다.

산삼의 경우 3구보다 4구 산삼이 반드시 오래된 산삼은 아니다.

자생지의 환경과 고도 등 여러 가지 요인에 따라 성장의 속도가 다르기 때문이다.

30~40년 된 3구 산삼이 많이 발견되는데 이러한 산삼은 20~30년 된 4구 산삼보다 우수한 품종임에 틀림없다

3구 산삼의 나이

구분	성장 과정 나이		
	산삼	야생삼	장뇌, 산양삼
성장년도	10~50년	5~20년	3~10년

2.6 4구 산삼

2.6.1 잎의 모양

3구 산삼에서 수년이 경과하면 가지가 하나 더 나온 4구 산삼으로 자란다. 이 때는 이미 싹이 튼 지 최소한 십수 년 이상 경과한 산삼이며 수십 년 된 산삼인 경우도 있다.

4구 1년차 (5엽*5엽*5엽*3엽)　　　4구 2연차 (5엽*5엽*5엽*5엽)

좌측 사진은 경기도 이천 지방에서 발견된 4구 산삼으로 열매가 달린 잎 모양이며 우측 사진은 경기도 연천 지방에서 발견된 4구 산삼의 잎 모양이다.

강원도 홍천 지방에서 4월 하순 4구 산삼의 잎이 나오는 과정을 촬영한 것이다.

좌측 사진은 5엽×5엽×5엽×3엽의 약간 둥근 형태의 4구 산삼 잎 모습이며 이고, 우측 사진은 강원도 정선에서 채심한 잎이 긴 형태의 4구 산삼의 잎 모양이다.

좌측 4구 산삼은 열매가 익어가는 과정의 모습이며 우측 4구 산삼은 열매가 완전히 익은 상태에서 산삼의 잎이 황절 (낙엽화) 되고 있는 과정이다.

2.6.2 4구 산삼의 뿌리

4구 산삼의 뿌리는 3구 산삼보다 더욱더 커지며 경우에 따라서는 턱수가 발달되어 제2의 약통이 형성되는 경우도 있다.

산삼의 나이가 늘어남에 따라 뇌두의 길이도 길어지며 미가 단순해지는 경향이 있다. 나이가 든 산삼은 잔뿌리인 미가 정리되고 미에 연결되었던 실뿌리가 떨어져 나가며 옥주가 생긴다.

4구 야생삼과 산양삼, 장뇌삼은 약 8년~10년 정도에서 4구가 되며 자연산삼의 경우는 20년 이상인 경우가 대부분이다.

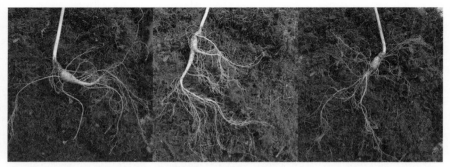

위 야생삼은 충청북도 지역에서 채심한 것이며 야생삼의 특징은 산삼에 비하여 약통이 크고 뇌두는 짧고 굵다. 또한 미(尾)가 단순화 되지 못하고 실뿌리가 많은 것이 특징이다.

강원도 홍천에서 채심한 4구 야생삼으로 뇌두가 짧고 굵다.

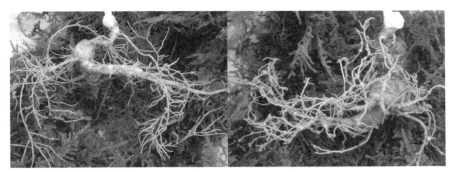

경상북도 영주지방 소백산에서 채심한 4구 야생산삼이다. 잔뿌리가 매우 억세게 나와 있는 둥근 형태의 특징이 있으며 뇌두는 치밀하게 붙어 있고 삼령은 약 20년 전후이다. 우측 산삼은 마치 더덕처럼 가락지가 굵게 형성되었으며 약통이 다소 기이한 형상 이다.

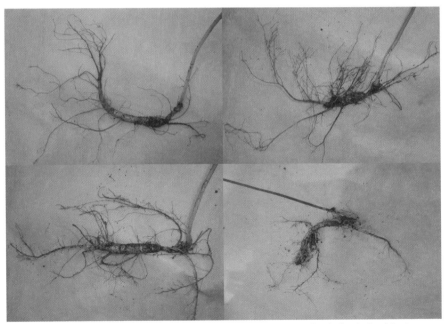

강원도 철원지방에서 채심한 4구 산삼으로 삼령은 20년 내외 이며 미(尾)가 잘 발달된 우수한 종자의 산삼이다.

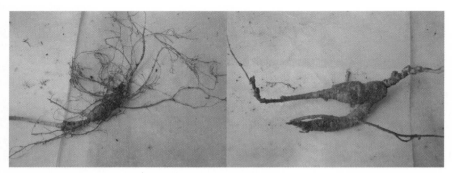

경기도 연천지방에서 채심한 산삼이다. 우측산삼은 뇌두갈이를 여러 번 하였고 미(尾)는 녹아 없어지고 몸통도 가락지가 많고 늘은 형태를 보여준다.

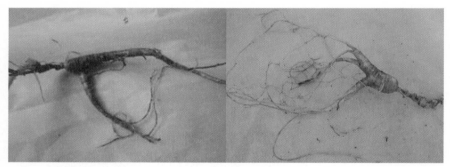

약 20년 정도 된 산삼으로 강원도 화천 지역에서 채심한 산삼이다.

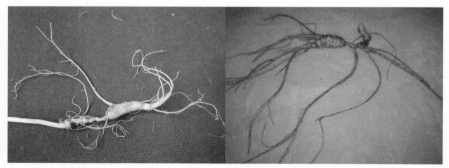

약 20년 정도 된 산삼이다. 특히 우측 산삼은 턱수가 여러 개 매우 길게 자랐으며 미도 단순화하여 길게 자랐다. 강원도 화천 민통선에서 채심하였다.

　강원도 인제 지역에서 채심한 산삼으로 삼령은 약 25년 정도로 추정된다. 뇌두
는 길게 잘 형성되어 있고 산삼의 색상도 황금색으로 우수한 산삼 종자이다.

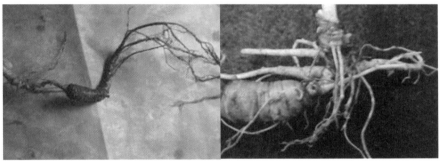

　좌측 산삼은 강원도 인제 지역에서 채집된 30년 이상 된 산삼으로 약통은 색
상이 불 먹은 형태로 표면은 목질화된 연한 갈색으로 되어 있다.

　본 산삼의 주변에는 자삼(子蔘)으러 보이는 4구, 3구, 2구 산삼이 함께 발견되
었고 5행도 여러 개의 뿌리가 있는 가족삼의 형태 중 모삼이었다.

　우측의 산삼은 충청남도 예산군 가야산에서 채심한 산삼으로 삼령이 약 40년
정도인 3구 산삼과 함께 발견되었다.

　3구 산삼은 뇌두가 길게 자라 그 싹대로 나이를 확인할 수가 있는데 본 산삼은
뇌두가 치밀하게 붙어 있어 그 수를 확인할 수는 없으나 몸통의 색상이 황금색이
고 전체적인 모양으로 보아 약 40년생으로 짐작된다

　강원도 화천군 민통선 안에서 채심한 4구 산삼으로 좌측 산삼과 우측 산삼 모
두 뇌두는 곡선 형태로 길게 자랐으며 좌측 산삼의 삼령 (蔘齡)은 30년 정도로 보
이고 우측 산삼의 삼령은 40년 정도로 추정되는 우수한 품종이다.

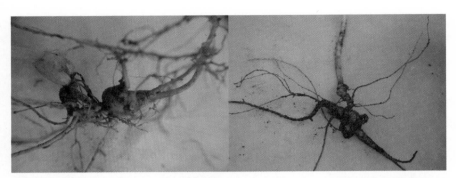

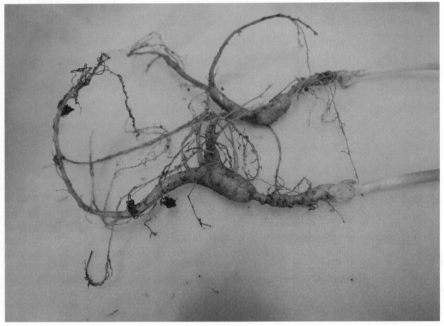

4구 산삼의 나이

구분	성장 과정 나이		
	산삼	야생삼	장뇌, 산양삼
성장년도	15~100년	12~20년	9~12년

2.7 5구 산삼

2.7.1 잎의 모양

4구 산삼에서 수년이 경과하면 가지가 하나 더 나온 5구 산삼으로 자란다. 자연산삼의 경우 5구로 성장하기는 매우 어려우며 주로 야생삼과 장뇌삼, 산양삼에서 많이 발견된다.

5구 산삼의 잎

5구 산삼의 잎 모양

인삼의 경우 6년이면 5구로 싹이 나오며 장뇌 또는 산양삼도 10년 정도면 5구로 싹이 나온다. 따라서 야생삼도 10년 이상이면 5구로 싹이 나올 수 있을 것이다.

대부분 5구 산삼은 뇌두가 굵고 짧은 형태를 보여주며 이것은 야생삼의 전형적인 특징이다. 뇌두가 길게 형성된 5구 산삼은 보지 못하였다.

좌측 사진은 강원도 화천에서 5구 야생삼을 채심한 후 촬영한 것이며 중앙 부분은 5구 쌍대 삼으로 강원도 인제에서 채심한 것이다. 우측 사진은 충청남도 보령군에서 채심한 것으로 가족삼 형태 중 母蔘인 5구 야생삼이며 4구, 2구 삼 여러 뿌리가 함께 있었다.

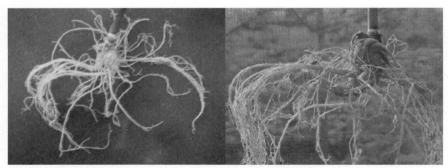

위 사진은 충청남도 서산시 야산에서 채심한 5구 야생삼으로 삼대의 길이가 1M 정도나 되었다.

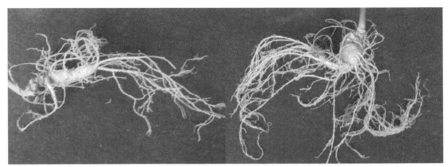

위 사진은 충청남도 당진시 야산에서 채집된 5구 산삼이다. 뇌두는 매우 굵고
짧게 형성되어 있다.

좌측 사진은 강원도 홍천에서 채심된
5구 야생삼이며 우측 사진은 강원도
인제에서 채심한 5구 야생삼이다.

강원도 화천에서 채심한 5구 야생삼

5구 산삼은 자생지의 여건과 종자에 따라서 삼령에 많은 차이가 있는 산삼이다. 불과 십수 년 된 산삼에서 70년 이상 된 산삼도 있을 수가 있다.

따라서 5구 산삼을 채집하면 이러한 특성을 잘 파악하고 분석하여야 한다

좌측 사진은 충청도 북부에서 채집한 5구 산삼의 뿌리 모습으로 약 30년 정도 된 산삼이며 우측 사진은 경기도 파주 감악산에서 채집한 5구 산삼의 뿌리모습으로 약 15년 정도 된 5구 산삼이다.

사진에서 보듯이 5구 산삼이라고 하여도 10년 정도 된 야생삼이 매우 많으며 이는 인삼 씨가 산에서 싹을 틔우고 자란 1대~2대의 야생산삼이다.

또한 대부분의 12년 된 장뇌삼은 5구의 형태이다. 아래 사진은 강원도 인제 깊은 산에서 채집된 5구 산삼의 뿌리와 뇌두 모습이다.

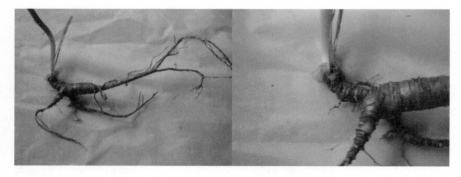

5구 산삼의 뿌리와 뇌두 모습

산삼의 나이는 약 20년 정도로 추정되며 뇌두는 길게 형성되지 않았다. 뿌리에는 약간의 황이 들었지만 힘찬 기를 느낄 수 있다.

삼령이 20년 정도 된 5구 산삼

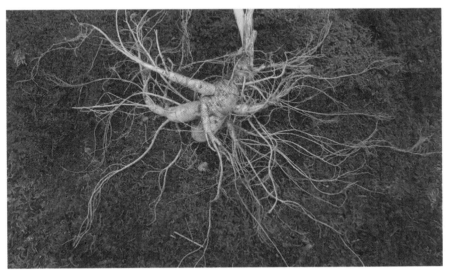

10년 정도 된 5구 야생삼

5구 산삼의 경우 대체로 장뇌삼이나 야생삼의 경우가 많으며 아주 우수한 품종의 천연 산삼은 매우 드물다. 특히 이러한 산삼을 마치 백 년 이상 된 우수한 천종으로 속여 가며 고가로 판매하는 경우가 많으므로 유의하여야 한다.

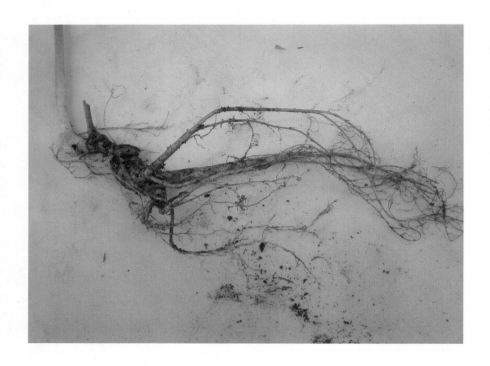

5구 산삼의 나이

구분	성장 과정 나이		
	산삼	야생삼	장뇌, 산양삼
성장년도	30~100년	10~20년	12년 이상

2.8 6구, 7구 산삼

6구 [만달]의 잎모양 7구[두루부치]

6구란 가지가 6개인 산삼을 말한다. 6구 산삼을 심마니들은 만달이라고 하며 간혹 6구 삼이 발견되는데 대부분이 야생삼이며 천연산삼의 경우 아직까지 보지 못하였다.

인삼의 경우 6년 근에서 자주 6구가 발견된다.

7구란 가지가 7개인 산삼을 말하는데 심마니들은 이를 두루부치라고 말한다. 아직까지 7구 천연 산삼은 보지 못하였다.

제 3장 산삼의 뇌두와 뿌리 모양

싹이 난 흔적

Ⅲ 산삼의 뇌두와 뿌리 모양

3,1 산삼의 뇌두

뇌두란 산삼이 자라면서 싹 대가 떨어지기 이전에 이미 그 다음해 나올 씨눈(비녀라고 함)을 틔우는데 이 씨눈은 다음 해 싹으로 자라며 전년도 싹 대가 떨어질 때 생기는 흔적의 연장을 의미한다.

따라서 싹이 나오면 반드시 크든 작든 1개의 흔적이 나타나며 위 사진에서 보면 움푹하게 들어간 흔적의 마디가 싹 대가 떨어진 흔적이다.

위 사진은 36개의 흔적을 가지고 있어 최소한 37번 싹이 나온 것을 알 수 있다. 매년 1개의 싹이 나왔으므로 최소한 37년 이상을 살았음은 명확하다.

위 뇌두에는 턱수가 가는 것 1개만 붙어 있었고 토양은 부엽토가 약간 덮인 화강암의 풍화된 마사토에서 발견되었으며 지팡이로 누르면 30~40cm 정도 들어가는 토양이었다.

뇌두란 싹이 난 흔적의 연결고리이다.

산삼은 싹 대(삼대)가 떨어지기 이전인 초가을 처서쯤이면 그 다음해 싹을 틔울 새싹이 삼대 옆으로 붙어 나온다.

뇌두의 형태는 매우 다양하게 나타난다. 아주 치밀하게 붙어서 싹이 나온 흔적이 구분이 잘 되지 않는 형태(원목이라고 함)도 있으며 죽절 모양으로 흔적이 선명하고 간격이 긴 모양도 있다.

뇌두에 나타나는 싹이 난 흔적의 수는 산삼의 나이를 나타낸다.

품종이 우수한 산삼의 어린 싹은 매우 작기 때문에 뇌두에 붙은 싹의 흔적 또한 매우 작고 뇌두도 매우 가늘다.

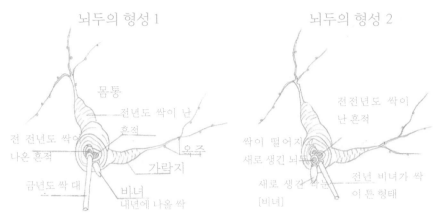

뇌두의 형성 1

몸통
전년도 싹이 난
흔적
전 전년도 싹이
나온 흔적
옥주
가락지
금년도 싹 대
비녀
내년에 나올 싹

뇌두의 형성 2

전전년도 싹이
난 흔적
싹이 떨어지고
새로 생긴 뇌두
새로 생긴 싹대
[비녀]
전년 비녀가 싹
어 튼 형태

이러한 형태로 성장하면서 나이가 오래될수록 새로 나오는 삼대도 굵어지게 되며 점차 흔적이 커지게 된다.

뇌두의 시점 부는 매우 가늘고 위로 갈수록 굵어지는 것이다.

뇌두는 산삼의 싹 대 옆에 형성되므로 대체로 한 방향으로 형성되지 않는다.

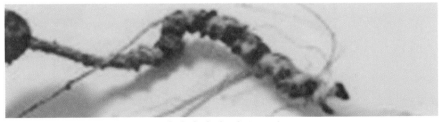

천연산삼의 뇌두 모습

성장하는 뇌두에서 싹이 나온 흔적은 돌아가는 형태로 나타나며. 이 돌아가는 싹이 나온 흔적 1개가 1년간 살아온 증거가 된다.

육안으로는 대체로 뇌두가 좌우 방향으로 교대하며 보인다.

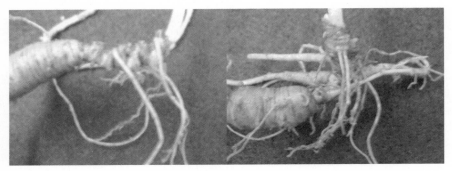

천연산삼의 뇌두 모습 2

모든 천연산삼의 뇌두가 반드시 긴 형태이지는 않다

성장과장에서 환경적으로 뇌두를 길게 형성시키지 못하는 경우와 성장 중 뇌두가 훼손되는 등 여러 가지 원인에 의하여 짧고 치밀한 형태도 보인다.

천연산삼의 뇌두 모습 3

또한 환경적인 요인에 의하여 뇌두가 매우 치밀하게 붙어 자라는 경우도 천연산삼에는 많이 있다. 이러한 산삼의 경우는 삼의 모양 등을 고려하여 나이를 판단한다.

야생삼의 경우는 삼의 성장이 매우 빠르다. 따라서 뇌두 또한 굵고 짧다

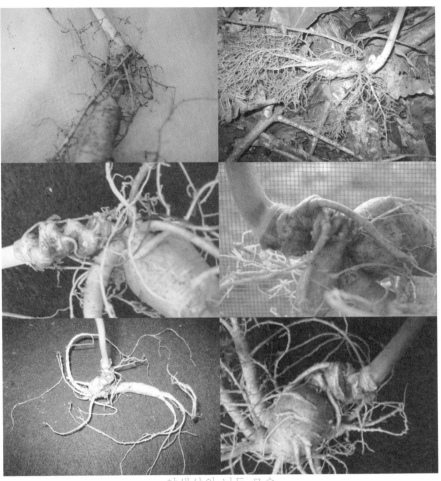

야생삼의 뇌두 모습

야생삼의 경우 인삼 씨를 조류가 먹고 배설하여 성장한 것이므로 인삼의 특성이 많이 나타나며 약통이 크다. 이에 따라 뇌두도 매우 크게 형성 된다

3.1.1. 산삼의 나이와 뇌두

산삼의 성장에 따라 뇌두가 계속 형성되므로 뇌두에 붙은 싹 대의 숫자를 보면 대체적으로 나이를 알 수가 있다.

그러나 그동안 성장된 뇌두가 부러지거나 썩는 등 뇌두갈이를 한 경우는 새로운 뇌두가 형성되므로 나이에 비하여 뇌두가 매우 짧다.

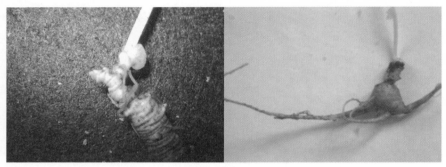

뇌두갈이에 의해 뇌두가 짧아진 산삼

나이에 따른 산삼의 뇌두모습

　　가. 삼령이 10년 이내인 산삼삼령이 5~6년인 3구 야생삼

삼령이 6~7년인 1구 산삼

뇌두가 잘 발달되는 둥근형태의 어린산삼이다.

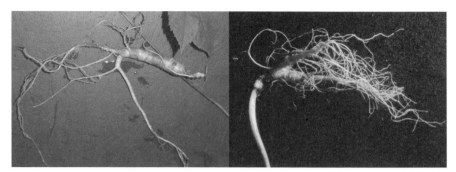

삼령이 5~6년인 3구 산삼

삼령이 8~9년인 3구 산삼

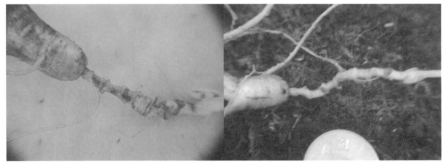

삼령이 10년 정도인 3구 산삼과 12년 정도 된 죽절 뇌두 산삼

나. 삼령이 10~15년 정도 된 산삼의 뇌두

삼령이 10년 정도 된 2구산삼과 뇌두가 매우 치밀한 산삼

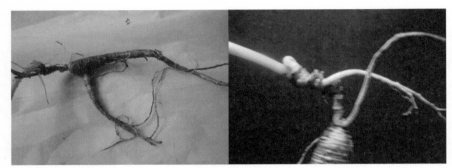

삼령이 12~15년 정도 된 4구 산삼

다. 삼령이 15~20년 된 산삼의 뇌두

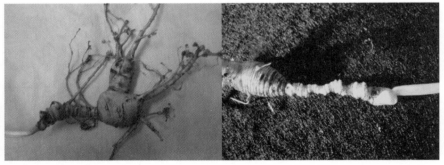

뇌두가 치밀하게 붙은 4구 산삼과 가락지가 발달된 4구 산삼

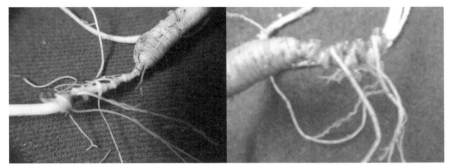
약 15년~20년 정도 된 산삼의 뇌두

라. 삼령이 20~30년 된 산삼의 뇌두

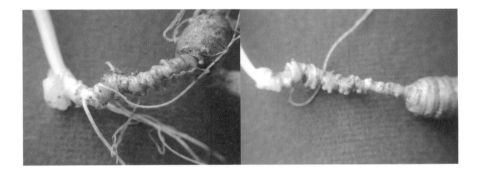

마. 삼령이 30년 이상 된 산삼의 뇌두

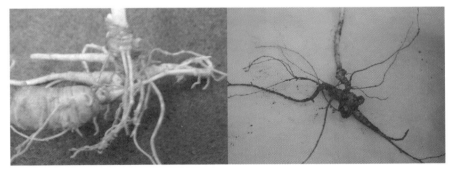
뇌두가 치밀하게 붙은 산삼(좌측)과 뇌두가 길게 자란 산삼(우측)의 모습이다

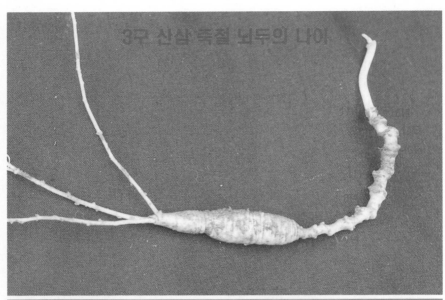

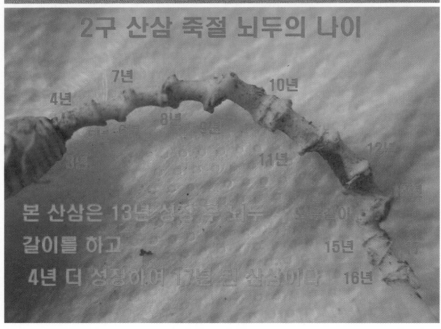

3.2 산삼의 뿌리 모양

3.2.1 고려산삼의 뿌리 모양

가. 단삼 (團蔘)

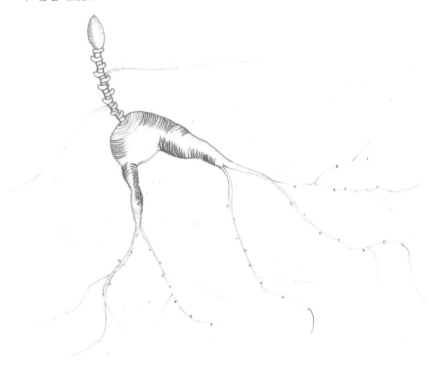

단삼이란 둥근 형태의 산삼을 의미한다.

둥근형태의 산삼을 방울삼 이라고도 하며 유전적인 요인 또는 토양의 요인 등에 의하여 나타난다.

심마니들은 둥근형태의 산삼을 긴 형태의 산삼보다 더 양질의 산삼으로 평가하고 있으나 약성은 산삼의 모양과는 관련이 없으며 산삼의 약성은 나이에 밀접한 관련이 있다고 추정된다.

오래 성장한 산삼이 비싼 이유이다.

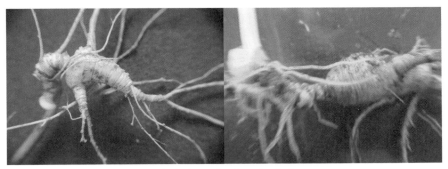

좌측의 단삼(團蔘)은 강원도 홍천에서 채심한 단삼이고 우측의 단삼은 경기도 연천에서 채심한 단삼이다.

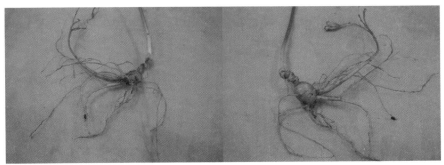

강원도 홍천 지방에서 채심한 단삼(방울삼)으로 미(尾)가 정리된 모습이다.

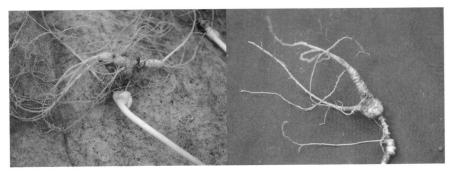

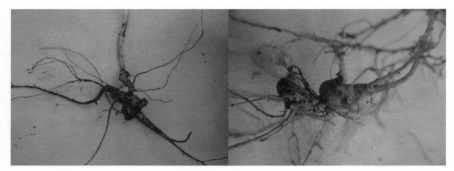

심령이 30년 정도인 단삼

심령이 30년 정도인 단삼

  강원도 철원에서 채심한 4구 산삼으로 뇌두가 매우 길게 형성된 단삼이다 좌측
단삼은 뇌두가 곡선 형태로 형성되었는데 이는 매우 부드럽고 두껍게 형성된 부
엽토 또는 부드러운 토양 속에 있는 몸통이 성장 시 움직이면서 싹이 나와 특이
한 뇌두가 형성된 것이다

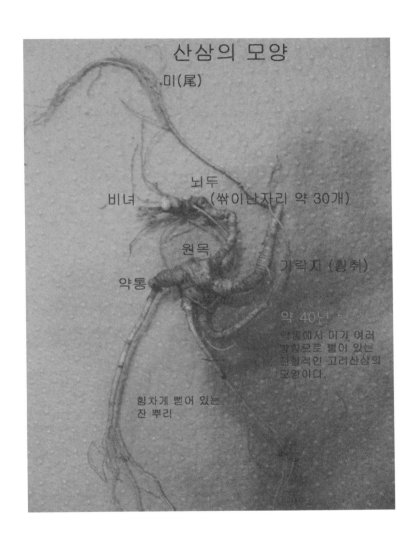

산삼의 모양

미(尾)

뇌두
(쌓이난자리 약 30개)

비녀

원목

가락지 (횡취)

약통

약 40년 ㄴ
약통에서 미가 여러
갈래으로 뻗어 있는
전형적인 고려산삼의
모양이다.

힘차게 뻗어 있는
잔 뿌리

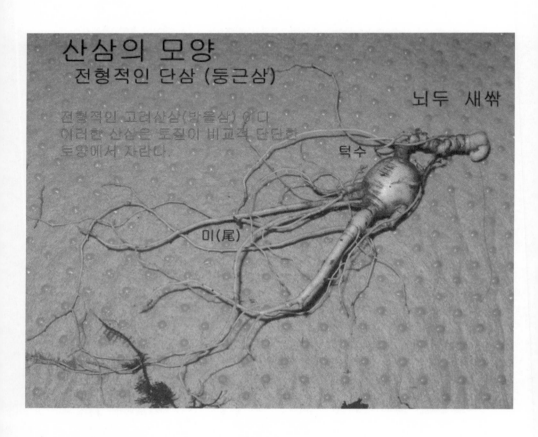

산삼의 모양
전형적인 단삼 (둥근삼)

뇌두   새싹

전형적인 고려산삼(방울삼)이다
이러한 산삼은 토질이 비교적 단단한
토양에서 자란다.

턱수

미(尾)

나. 장삼(長蔘)

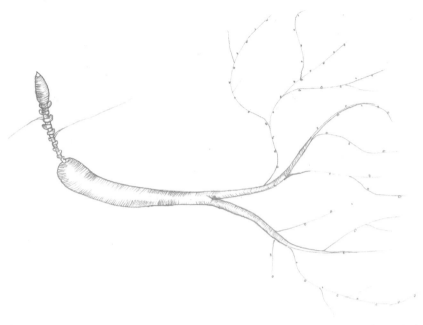

　장삼(長蔘)이란 약통이 긴 모습의 산삼을 의미한다. 이러한 산삼은 부엽토가
두꺼운 곳이나 마사토와 같이 뿌리 뻗음이 잘되는 토양에서 채집되며 고려산삼
의 형태 중 가장 흔한 모습이다.

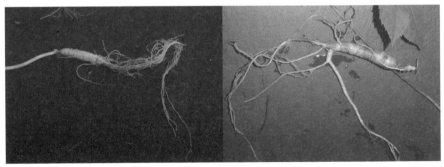

심령이 4~5년인 어린 장삼의 모습

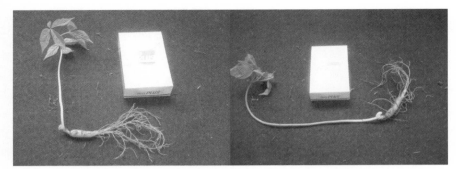

삼령이 5~7년인 어린 장삼의 모습

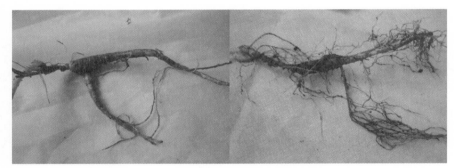

삼령이 10~12년인 어린 장삼의 모습

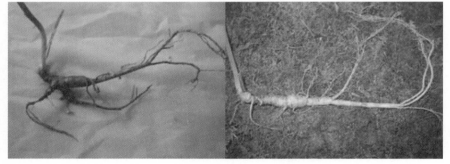

뇌두가 치밀하게 붙어 있는 장삼

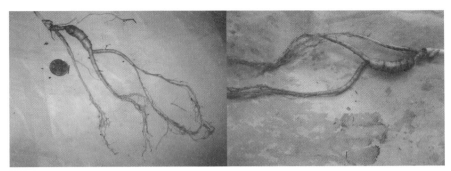

미(尾)가 잘 발달된 장삼

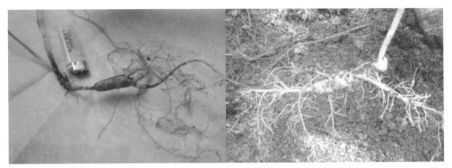

뇌두가 발달된 30년 산삼과 잔뿌리가 많은 약 20년 된 산삼

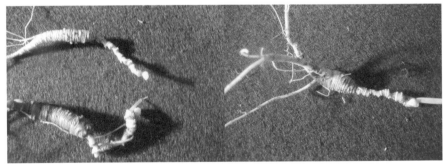

가락지가 발달된 산삼

강원도 정선 석회암 지대에서 채심한 산삼으로 마치 더덕처럼 가락지가 형성되어 있다.

20년~30년 정도 된 장삼

30년 이상 된 장삼

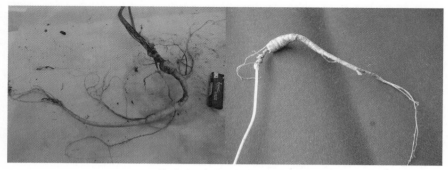

뿌리가 길게 형성된 장삼

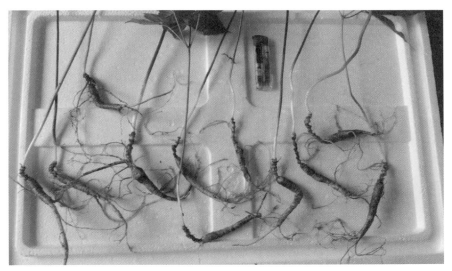

미(尾)가 매우 긴 장삼과 20년 이상 된 장삼의 뿌리들

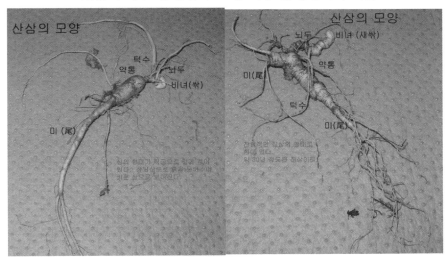

장삼(長蔘)은 주로 토양이 부드러운 마사토나 부엽토가 많은 곳에서 전반적으로 나타나며 또한 미(尾)가 잘 발달되는 특징도 있다.

또한 종자의 유전적인 특성에 따라 나타나가도 한다.

다. 연절삼(連節蔘)

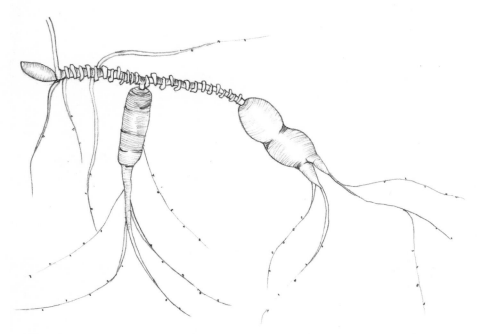

연절삼이란 턱수가 자라서 제2, 제3의 약통을 형성하는 산삼을 말한다. 국내
산삼의 경우도 양각 연절삼(약통이 2개인 것)은 가끔 발견되지만 다각 (약통이
여러 개인 것) 연절삼은 거의 없다

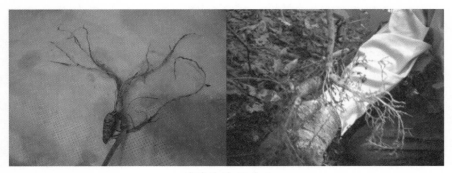

연절삼의 모습 1

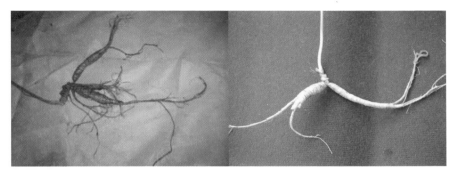

연절삼의 모습 2

이러한 연절삼은 중국 산삼에서는 매우 흔하게 나타난다.

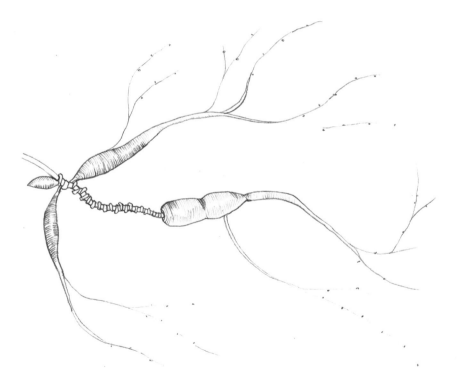

양연절삼의 모습 1

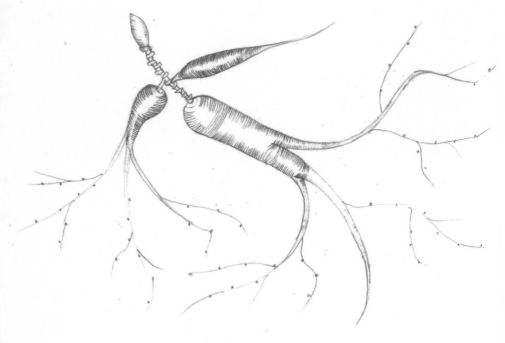

양연절삼의 모습 2

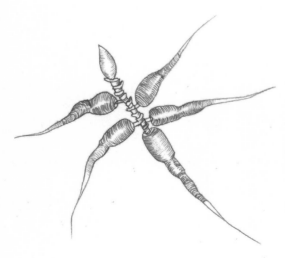

미국 산삼의 경우 그림과 같이 다연절 삼이 있으나 국내 산삼의 경우 아직 발견된 적이 없다

라. 갈래삼

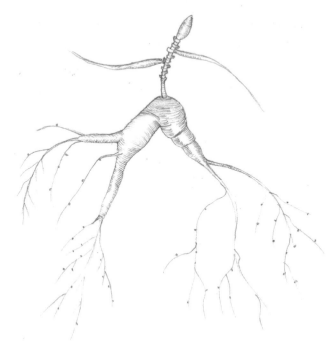

　갈래삼이란 약통이 양 갈래인 "人" 자 모양의 산삼을 말한다.　인삼의 전형적인 모습으로 사람의 모양을 닮았다고 하여 인삼(人蔘)이라고 하였다.

강원도 화천과 철원에서 채심한 "人"자 형태의 산삼이다.

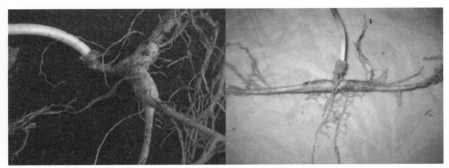

강원도 철원과 인제 지방에서 채심한 갈래삼의 모습

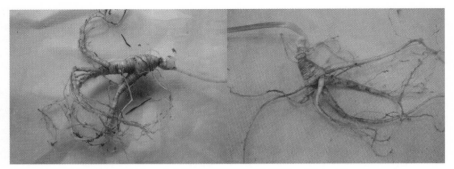

강원도 화천 지방에서 채심한 갈래삼의 모습

강원도 홍천 지역에서 채심한 갈래삼으로 뇌두는 짧게 붙어 있으나 가락지가 선명하게 형성되어 있고 미는 굵고 짧다.

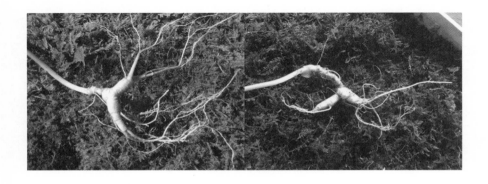

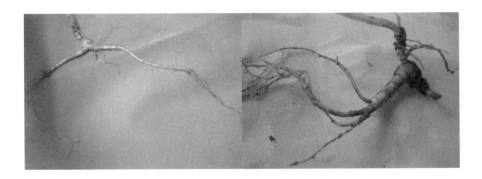

좌측 사진은 경기도 이천 지방에서 채심한 갈래삼으로 미(尾)가 길게 뻗어 있는 모습이고 우측의 산삼은 강원도 홍천에서 채심한 갈래삼으로 적변 상태로 몸통 우측 부분이 썩어 들어가고 있다

아래 그림과 같이 갈래삼 이외에 약통이 여러 갈래 굵은 뿌리로 형성되는 산삼도 있다

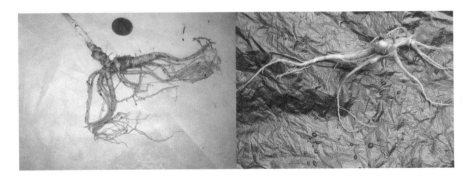

강원도 홍천에서 채심한 갈래삼으로 좌측의 야생삼은 중국삼을 이식하여 놓은 것으로 추정된다.

3.3 산삼의 꽃과 열매

산삼은 꽃대와 산삼의 잎이 함께 나오는 헌화 식물이다.

산삼의 꽃 모양은 매우 작아 육안으로 그 모양을 알 수가 없으며 확대경으로 확인하여 보아야 알 수가 있다.

산삼은 싹이 돋아나온 후 20일 정도 지나면 꽃이 피고 바람 또는 작은 곤충에 의하여 수정되면 열매가 달린다.

산삼의 꽃은 종 모양의 대롱 끝에 별 모양 꽃잎 5~6엽이 있고 동일한 숫자의 수술이 꽃잎 위에 있으며 정중앙에 암술이 있다.

꽃이 수정되면 좁쌀보다 작은 열매가 서서히 커지면서 약 2개월 정도 지나 빨간 열매가 되며 낙과 전 조류가 먹고 배설하거나 완전히 숙과 상태에서 떨어져 그 다음해 싹이 나온다.

익은 숙과를 새가 먹고 배설하여 싹이 튼 산삼을 조복삼이라고 하며 씨가 모삼 아래 떨어져 싹이 나오면 이를 가족삼이라고 한다.

3.4 가락지

가락지란 산삼이 성장하면서 토양과의 저항에서 생긴 형태이다.

일부 심마니들은 가락지가 잘 발달된 것은 오래된 산삼이라고 하는데 산삼의 나이와 가락지는 관련이 없다.

가락지는 아주 부드러운 부엽토 속에서 자란 산삼은 거의 보이지 않으며 돌이 많은 곳과 토양이 단단한 곳에서는 아주 깊은 형태로 나타난다.

강원도 태백에서 채집한 가락지가 선명한 산삼의 모습

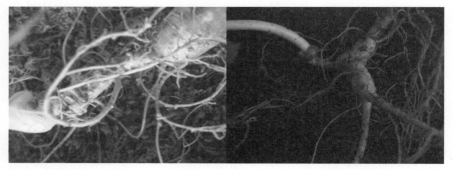

가락지가 거의 보이지 않는 산삼의 몸통 부분

십여 년 성장한 산삼이지만 가락지는 거의 보이지 않는 미끈한 형태의 모습이다.

이와 같이 돌이 많은 곳에서는 가락지는 선명하게 나타나며 부드러운 토양에서는 거의 흔적을 찾아 볼 수 없는 경우도 있다.

아래 왼쪽의 사진은 강원도 정선에서 채집한 산삼의 가락지 모습이며 삼의 색상은 거의 백색에 가까운 유백색이다. 우측은 경기도 파주에서 채집된 산삼의 가락지 형태이다.

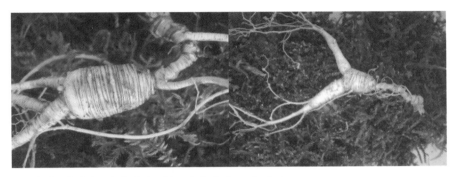

　　아래 사진은 가락지가 있는 야생삼의 모습이다.

　　아래사진은 가락지가 선명하지 않은 산삼의 모습이다.

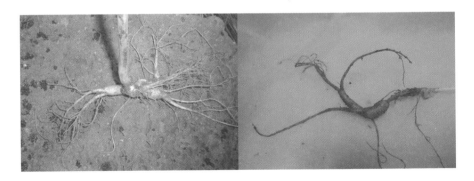

3. 5 기타의 산삼 모습

3.5.1. 적변삼(赤變蔘)

산삼은 성장하다가 환경이 변하면 잠을 잔다.

또한 습하게 환경이 변하면 스스로 과다한 수분으로부터 자신을 보호하기 위하여 코팅을 하는데 그 모습이 붉은 색상을 띈다 하여 적변삼이라고 하며 불 먹은 산삼이라고도 한다.

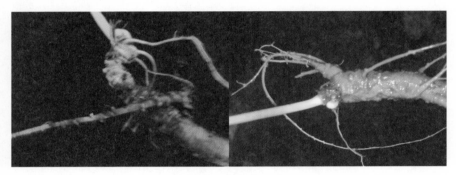

불 먹은 산삼의 모습

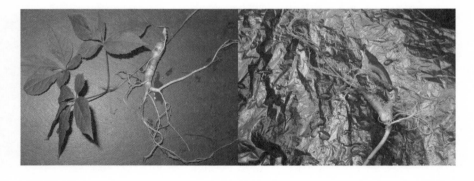

이를 황이 들었다고 하며 이러한 산삼은 잔뿌리를 모두 잘라내고 몸통으로 버티어내다가 환경이 개선되면 다시금 잔뿌리를 뻗으며 성장한다.

그러나 계속 환경이 악화되면 뿌리가 썩고 생명을 다하게 된다.

3.5.2 옥주와 뿌리혹

옥주란 산삼의 잔뿌리가 동면할 때 잘라지고 그 다음해 다시나올 때 생기는 아주 작은 구슬모양의 형태이다.

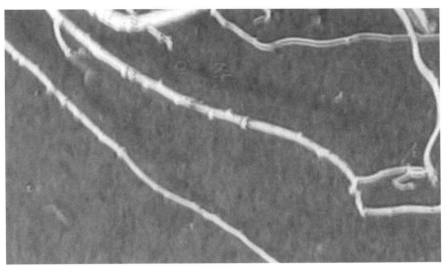

옥주는 아주 작은 마디 형태의 흔적이다. 그러나 일부 심마니들은 옥주가 아닌 뿌리혹을 옥주라고 하며 귀한 것처럼 여기는 경우도 있다.

위 사진은 뿌리혹이 여러 개 달린 뿌리의 모습이다.
뿌리혹은 오염된 토양에서 벌레 또는 박테리아에 의하여 생기거나 장애에 의하여 생긴다. 옥주와는 차이가 있다.

3.5.3. 황절삼

산삼이 늦은 가을이 되면 1년의 생애를 마감하고 노랗게 잎이 물든 후 싹 대가 떨어진다.

황절이 시작되는 산삼의 잎 모양

이러한 과정을 황절이라고 하며 모든 영양분을 뿌리로 이동하였으므로 약성이 1년 중 가장 좋은 산삼이다.

9월 중순 쯤 되면 인삼의 경우는 대부분 연한 갈색으로 단풍이 들어가지만 산삼의 잎은 서서히 노란색으로 단풍이 들기 시작한다.

이때는 산삼의 열매는 완전하게 숙과되어 새가 먹지 않았을 경우는 바람에 의하여 저절로 떨어지기도 한다.

10월초 낙엽이 떨어지기 직전의 황절삼

9월 하순경에서 10월 초에 이르면 완전한 황금색으로 물들고 잎이 떨어지기 시
작한다.

본래 잎의 색상이 연두빛인 3구 산삼의 잎

위 산삼의 잎은 황절되는 과정이 아닌 본래 엽록소가 적은 연두색의 잎을 가진 산삼이다. 이러한 산삼은 산행 시 눈에 잘 보이는 특징이 있다.

햇빛 과다에 의해 탈색된 2구산삼의 잎

산삼의 잎이 주변 환경의 변화(벌목 등)에 따라 햇빛에 노출되면 엽록소가 파괴되어 얼룩 형태로 노랗게 변한다. 이것은 황절이 아니다.

3.6 산삼의 계절별 성장

산삼은 4월 하순에 싹이 나온 후 9월 말까지 성장하고 싹 대를 떨어뜨린 후 1년
의 성장을 마감한다.

1년 365일 중 약 5개월 전후로 성장하며 7개월 정도는 땅 속에서 뿌리 형태로
잠을 잔다.

3.7.1 4월 하순 ~ 5월 초

처서 이후 삼 잎이 떨어지면 모든 영양분은 뿌리로 가며 이때 산삼의 가지 옆
으로 새 싹이 나올 눈(비녀라고 함)이 작게 생긴다.

겨울을 지난 후 비녀는 점점 비대해지며 4월 하순 땅위로 솟아 나오게 된다.

산삼의 싹이 나오는 과정

3.7.2 5월 ~ 6월 성장

산삼은 잎과 꽃이 함께 올라오는 현화식물이다. 싹이 나온 후 20일 정도 지난 후 꽃이 핀다.

3.7.3 6월 ~ 7월 성장

6월에 산삼의 꽃이 피고 수정되면 열매가 생긴다.
산삼의 꽃은 매우 작아 주로 바람이나 매우 작은 곤충에 의하여 수정된다.

24절기 중 망종과 하지에 해당하는 계절로 뿌리가 활발하게 움직이며 성장하는 시기이다. 또한 영양분을 씨앗에 공급하여 결실이 되도록 줄기를 통하여 양분을 공급한다.

3.7.4 7월 성장

1년 중 가장 더운 소서(小暑), 대서(大暑) 계절에 해당하며 초록색의 산삼 씨는 점차적으로 붉은색으로 변화하게 된다. 뿌리를 통하여 씨가 성숙되도록 삼대로 최대한 양분을 공급하게 된다.

3.7.5 8월 성장

  8월은 입추와 처서의 계절이다. 이 계절은 이미 연중 성장을 마감하는 준비를 하는 계절이다. 산삼의 씨는 이미 완숙 단계에 들어가고 씨로 공급되던 모든 양분은 뿌리로 집중된다. 심마니들은 이때를 산삼 채심의 최적기로 판단한다.

3.7.6 9월 성장

성장이 끝나면 잎이 노란색(황절삼)으로 단풍이 들며 삼대와 뇌두 접합 부분에 내년도에 자랄 싹(비녀)이 생긴다.

3.8 좋은 산삼 구분법

모든 산삼의 모양은 서로 다르다. 산삼의 뿌리 형태를 보면 재배삼인지 자연삼인지 어느 정도는 파악이 가능하다.
또한 인삼의 씨가 산으로 옮겨진 1대 야생삼인지 질이 우수한 산삼인지도 구분할 수가 있다.

3.8.1 야생 1대삼

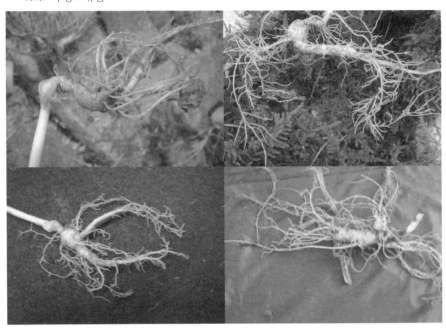

야생 1대삼이란 인삼의 씨를 새가 먹고 산에 배설하여 싹이 나온 삼을 말한다. 따라서 인삼의 모습이 많이 보인다.

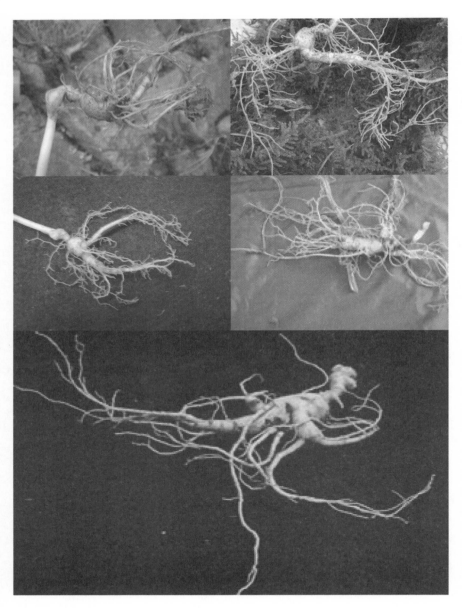

  야생 1대삼은 그 특징이 나이에 비하여 몸체가 크다. 또한 어딘지 모르게 야무
지지가 못한 모습을 볼 수 있다.

이렇게 성장이 빠르고 약통이 큰 야생삼은 오래 살지 못한다. 따라서 품질이 우수한 산삼으로 성장할 수가 없다.

3.8.2. 야생 2대삼

야생 2대삼은 야생 1대삼의 씨가 떨어져 자라는 산삼으로 야생 1대삼보다는 성장이 느리며 뿌리 모습도 단순화된다.

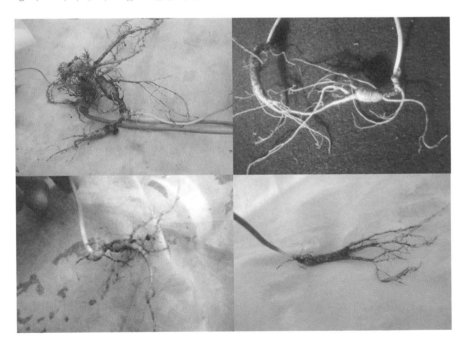

3.8.3. 우수한 산삼

 품질이 우수한 산삼은 성장 속도가 매우 느리며 나이가 들어감에 따라 미(尾)가 정리된 단순한 형태가 되며 실뿌리가 거의 없다.

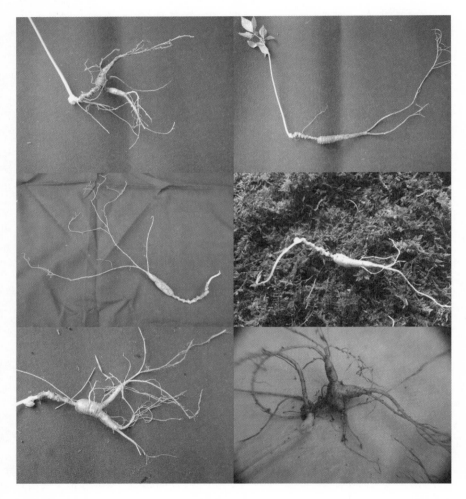

 위 산삼은 민통선 내부인 강원도 철원 지방과 화천 지방의 깊은 산에서 채심한 산삼으로 공통적인 특징은 뇌두가 잘 발달되어 있는 점이다.

　위 산삼은 강원도 인제 지역 화강암 지대에서 채심한 산삼이다. 채심 지점은 4
구 및 3구 산삼과 2구 산삼 함께 발견된 가족삼 형태이었다.
　본 산삼은 삼령이 약 40년 정도로 추정되며 적변삼(표면이 붉은색으로 굳어 있
는 형태)이었다.

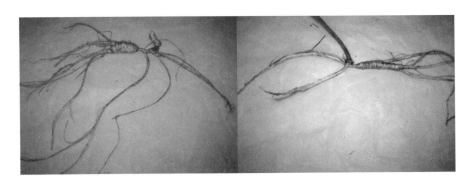

　위 산삼은 강원도 화천 지역 민통선 내부에서 채심한 산삼이다. 본 산삼의 특징은
턱수가 아주 길게 잘 발달되어 있고 미도 길게 자란 특징이 있는 양질의 산삼이다.
　왼쪽 산삼의 굵은 형태 턱수는 3가닥이며 길이가 40 ~ 50cm 에 달하며 오른쪽
산삼은 2가닥의 굵은 형태의 턱수가 20 ~ 30cm 에 달한다.

제4장 산삼과 인삼 산양삼의 차이

Ⅳ. 산삼과 인삼, 산양삼의 차이

4.1 인삼의 근본

인삼이란 본래 산삼의 씨앗을 인간이 뿌린 후 재배하면서 생긴 것이다. 본래 인삼의 의미는 사람의 형상을 닮은 산삼을 의미하였다.

그러나 재배삼이 생기면서 인삼은 재배삼을 의미하게 되었고 그 후 산에서 자생하는 인삼을 산삼이라고 부르게 되었다.

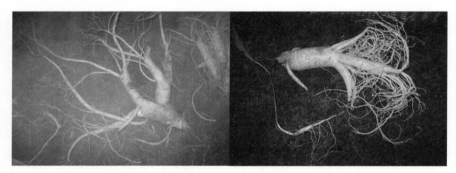

6년 근 인삼과 6년 근 산삼의 크기 차이

심마니들이 산삼을 찾아 헤매다가 발견하면 그 열매는 채집하여 산삼이 자라던 부근에 뿌린 후 산삼을 돌았다.

그 다음 아무에게도 그 위치를 알려주지 않는다.

죽기 직전에 그 위치를 표시한 지도를 자식에게 알려주면 그 자식 대에서 다시 산삼을 채집하게 되는데 이것을 산양산삼(山養山蔘) 또는 씨 장뇌라고 하였다.

그 후에 산삼을 국가에서 공출함에 따라 수요가 증가하고 자생 지역 주민들에게 할당량이 주어짐에 따라 수요를 충족하기 위하여 산삼의 씨를 채취하여 산삼이 자라던 곳과 민가가 인접한 곳까지 씨를 뿌리고 수확을 하게 되었다.

이때부터 가삼(家蔘)이라는 말이 생겨났으며 빠르게 속성으로 성장시켜 재배할 수 있는 방법을 연구하게 되었다. 밭에서 재배하는 밭 장뇌 형태에서 다시 해가림식의 인삼포가 생기게 된 것이다.

최초 재배삼은 고려 인종/1122 때부터 씨 장뇌의 형태로 시작되었으며 그 후 공

양왕/1392 시절을 거쳐 발전하였고 세종신록의 기록에 따르면 정종 시절 양산군수 남학문이 상소를 올렸는데 산삼을 국가에서 공출함에 따라 귀하게 되어 영남지방에는 가삼 재배가 성행한다고 전해지는 바 이미 600년 전부터 재배는 시작되고 있었다

그러나 그 당시의 재배삼은 지금의 인삼포 재배의 형태가 아닌 산삼의 씨를 인가 주변에 뿌리고 관리 소유하며 자연에 방임하는 형태이었다.

그 후 국가에서 주도하는 인삼재배가 풍기 및 개성군수를 역임한 주세붕(周世鵬/1495~1554)에 의하여 경북 풍기지방과 개성지방에서 시작되었으며 조선말기부터는 풍기와 개성을 중심으로 대대적인 인삼재배가 시작되었다.

따라서 초기는 산에 씨를 뿌리는 형태의 산양삼 재배에서 점차 밭으로 옮겨지는 과정을 밟았으며 씨를 뿌려 재배하는 방법에서 보다 효율적인 묘삼을 식재하는 재배 방법으로 발전을 거듭하며 지금의 인삼포가 된 것이다.

재배삼 초기의 산양삼은 주로 산삼의 씨를 뿌린 1대~2대 삼으로 재배삼이 성장한 후 열매를 맺고 다시금 삼으로 씨가 돌아갔을 것이다.

4.2. 인삼의 재배

산삼은 그늘 산란 빛을 좋아하며 직사광선에 과다하게 노출되면 잎이 타들어가고 결국에는 고사한다.

우리의 조상들은 산삼이 반음지 식물임을 잘 이해하였고 이에 따라 산삼의 씨를 산에 뿌릴 경우 북향을 이용하여 씨를 뿌렸고 그 후 인삼재배를 시작할 때는 해가림을 하여 반그늘 상태에서 재배하였다.

과대한 햇빛의 차단과 환기를 위하여 해가림 시설은 반드시 북향으로 향하되 북에서 남으로 경사지게 하였다.

4.2.1. 한반도의 삼포형태

아래 사진은 한반도에서 재배하는 삼포 형태의 사진이다.

삼포바닥은 약 1~2M 간격으로 배수가 잘 되는 흙을 돋아서 재배하되 배수가 잘

되도록 양측에 골을 파서 지하수의 상승을 억제하고 우수의 배제를 원활히 한다.

임야와 근접한 밭에서 재배하고 있는 삼포와 인삼

산과 인접된 밭에서 재배하는 삼포의 모습과 자라는 인삼

한국의 인삼포는 산과 접한 곡간 밭에서 많이 재배된다. 과거에는 소규모로 삼포를 조성하였으나 최근에는 점차 대형화되고 있는 추세이다.

그러나 재배지가 귀하게 되자 일부 지역에서는 논에서도 재배한다.

삼포의 조성은 표토 40~50cm 아래에 퇴비를 충분히 깔고 그 위에 배수가 잘되는 마사토등 사질양토로 복토 시킨 후 약 1m 간격으로 골파기를 하여 조성한다.

최근에는 씨를 직파하는 방법보다는 모종을 별로로 키운 후 이식하는 방법을 주로 선택하며 이식 후 5년을 키우면 6년근 인삼이 된다.

과거에는 인삼재배 후 10여 년간 휴경시키거나 대체작물을 심었는데 최근에는 재배 기술이 발달하여 토양을 치환한 후 다시 삼포로 사용하기도 한다.

4.2.2.중국의 삼포 형태

중국의 삼포는 대부분 지붕형 해가림 시설이다.

중국의 삼포 형태

그러나 어린 묘는 하우스에서 직파하여 싹을 틔워 키우는 방법을 사용하지만 최근에는 한반도에서 사용하는 재배 방법을 따르기도 한다.

어린 묘를 키우는 하우스형 삼포

4.3 장뇌삼과 산양삼

4.3.1 장뇌삼

우리나라에서는 전매법이 폐기되기 이전인 1995년 이전에는 민간인의 장뇌삼 재배는 불법이었다.

인삼의 재배관리 및 수매도 국가기관인 전매청에서 전담하였으며 따라서 대규모의 장뇌삼의 재배는 없었고 은밀하게 심마니들이 산에 씨를 뿌리는 형태로 재배되었다.

현재 발견되는 산삼의 대부분은 심마니가 은밀하게 산에 씨를 뿌린 삼의 후손들이거나 인삼포 주변 야산에 조류에 의해 씨가 옮겨져 번식하는 야생삼이 대부분이다.

다음 사진은 심마니가 씨를 뿌려 산에서 자생하고 있는 야생 장뇌삼의 모습이다.

장뇌삼이나 산삼양의 재배 단지와 심마니가 씨를 뿌린 후 자생하는 장뇌삼 지역을 구분하는 방법이 있다. 재배 단지는 대부분 큰 나무 밑에 있는 어린 나무를 간벌하여 평탄지를 조성한 후 그 위에 씨를 뿌리거나 어린 산양삼을 이식하여식재 한다.

그리고 재배단지임을 알리는 표식으로 울타리를 하거나. 끈으로 표시하는 등 사람들이 함부로 진입하게 못하게 표시한다.

따라서 이러한 지역에 들어가서 채심하면 불법이므로 산채 시 유념하여야 한다.

위 사진은 산양삼 재배자가 단지를 조성하여 산양삼을 재배하고 있는 모습이며 큰 나무 밑의 작은 나무가 간벌로 정리되어 있음을 알 수 있다.

이에 반하여 심마니들이 씨를 뿌려 조성된 장뇌밭은 주변 임상이 정리되어 있지 않으며 규모도 작고 또한 어떠한 소유권을 주장하는 표식도 없다.

따라서 산행할 때 이러한 차이를 잘 숙지하고 장뇌삼과 산양삼 재배자에게 피해가 생기지 않도록 주의 하여야 한다.

위 사진은 삼마니들이 씨를 뿌려 산에서 야생하는 장뇌삼의 모습이다. 지금도 많은 삼마니들이 자생 여건이 양호한 지역 또는 산삼을 채집한 지역에 후 대를 기약하면서 씨를 뿌린다.

위 좌측 야생산삼은 경기도 이천시에서 채심한 야생삼이고 우측의 야생삼은 강원도 정선에서 채심한 야생삼이다.

심마니들이 깊은 산에 씨를 뿌려 자라난 야생삼 또는 장뇌삼은 소유권을 확인할 수가 없으며 이러한 산삼은 발견하였을 경우 채집하여도 큰 문제는 없다.

씨를 뿌린 심마니도 그런 점을 이해하며 뿌렸기 때문이다.

심마니들은 산행 시 인삼의 씨든 산양삼의 씨든 자생이 가능한 지점을 선정하여 씨를 뿌려 주면 십수 년이 지난 후대의 산채꾼에게 큰 즐거움을 줄 수 가 있을 것이다. 이러한 씨를 뿌리는 것은 산에서 채심하는 심마니들의 의무 사항이기도 하다.

4.3.2 재배 산양삼과 장뇌삼

산양삼(山養蔘)이란 산에서 키운 삼이라는 뜻이며 원래 장뇌삼이라고 하기도 하였는데 이름을 산양삼으로 통일하였다.

최근 재배 산양삼 단지는 전국적으로 조성되고 있다. 대규모 단지도 있지만 인삼재배농가에서 인삼포 주변 야산에 소규모로도 조성한다.

재배삼은 밀식 재배하며 대단지로 재배하기 때문에 병충해에 대한 예방차원에서 부분적으로는 농약을 사용하며 시비도 한다. 따라서 산양삼을 판매할 경우는 잔류 농약검사를 하여야 하고 법적으로 인정된 농약 이외 맹독성 농약이 검출되면 판매금지는 물론이고 법적 처벌까지 감수하여야 한다.

중국산 산양삼의 경우 사용하는 농약이 국내 산양삼과 다르므로 잔류 농약검사과정에서 식별이 가능하다.

산양삼은 씨를 뿌려서 키우는 방식과 어린 종묘를 이식하여 키우는 방식이 있다.

위 사진은 2년생 종묘를 이식하여 마사토에서 4년간 재배한 6년 근 산양삼으로 4구로 자랐으며 산삼에 비하여 매우 크게 성장하였고 미가 잘 발달하고 몸통도 둥근 형태로 잘 형성되었으나 뇌두는 굵고 짧다.

4.4 미국의 인삼과 장뇌삼의 재배

미국, 캐나다의 인삼 재배 역사는 우리가 알고 있는 것보다 오래되어 200년 이상의 재배 역사가 있다.

미국삼은 자연산이라고 오해하는 경우가 많은데 미국에서는 국가의 허가 없이 자연산을 채집·판매하는 것은 법으로 금지되어 있다

미국은 주로 미국과 캐나다에서 자생하는 화기삼을 재배하며 산에 씨를 뿌리거나 묘목을 심어 키우는 장뇌삼의 형태가 많았으나 최근에는 하우스 형태의 재배 방법이나, 우리나라의 재배 방법인 해가림 시설을 도입하여 재배하는 곳도 많이 있다.

미국 야산에서 재배하는 장뇌삼 형태의 재배삼

　미국과 캐나다에서 재배하는 재배삼은 인삼 형태의 재배삼보다는 산양삼 형태의 재배삼이 많다. 그 이유는 넓고 관활한 임야를 보유하고 있어 산지 재배가 편리하기 때문이다.

　세계 재배삼의 시장은 우리나라 고려삼이 아닌 미국, 캐나다 재배 화기삼이 가장 많이 점유하고 있다.

4.5 자연산삼과 재배삼의 차이

인삼은 재배삼이다. 그리고 산삼은 자연삼이다.

자연삼인 산삼은 재배삼인 인삼과 어떻게 다르며 구분은 어떻게 하는지에 대한 여러 의견이 있다.

본 저자는 아래와 같이 기준을 제안한다.

가) 산에 씨가 떨어져 자연적으로 발아하여 성장한 삼은 "산삼"이다.

본래부터 종자가 산삼이었던 씨에서 발아하여 성장한 산삼과 인삼의 종자가 산으로 옮겨져 발아하여 성장한 산삼은 약성 면에서는 차이는 분명히 있다.

수천만 년을 자연에서 진화하며 자생한 산삼이 최근 수백 년 동안 인간이 재배하며 엄청난 유전적인 변위가 발생되었다고 판단하기는 어렵다.

그것보다도 더욱 중요한 것은 인삼 씨는 인간에 의하여 재배되면서 나름대로 진화하여 성장속도가 빠르게 변질되었기에 오래 살지를 못한다는 점일 것이다.

인삼의 씨가 산에서 싹이 트면 그 1대삼을 야생삼이라고 부르며 2대, 3대를 거치면 점차 본래 산삼의 모습으로 서서히 회귀하여 갈 것으로 추정된다.

장뇌는 산삼의 열매를 사람이 따서 뿌린 후 싹이 난 삼을 말하는데 이것도 산삼이다.

산에서 수십 년 자란 한 그루의 산삼이 있다고 하자. 5~6년 뒤부터 씨를 뿌렸을 것이다. 새가 그 숙과를 먹고 배설하여 자란 산삼의 묘는 분명히 어미삼과 같은 2대의 산삼이다.

그런데 심마니가 산삼을 발견하고 채집하기 이전에 그 씨를 산삼이 자라던 주변에 뿌린 후 산삼이 돋아 심마니가 씨를 뿌린 곳에서 다시금 어린삼이 나왔다면 새가 배설하여 자란 산삼과 과학적으로 무슨 차이가 있겠는가.

나) 인간이 싹을 틔운 삼은 재배삼이다.

인삼의 씨를 개갑시켜 싹을 틔워 밭에 심었다. 이것은 재배삼이다.
또한 인삼의 묘를 산에 이식하여 키웠다.(소위 묘장뇌 : 일반적으로 장뇌라
함) 이것도 재배삼이다.
따라서 재배삼은 인삼과 묘장뇌 및 밭장뇌가 여기에 해당한다.

다) 산삼의 여러 가지 이름

천종산삼(天種山蔘), 지종(地種), 조복삼(鳥腹蔘), 진삼(眞蔘) 등과 야생산
삼 등으로 불려진다. 이러한 명칭은 매우 애매하며 명확한 구분의 기준도
없고 과학적으로 입증할 근거도 없다.
물론 인삼의 종자를 새가 먹고 배설하여 자란 삼은 나이에 비하여 성장이
빠르다. 성장이 빠른 야생삼은 그 수명도 역시 짧다. 따라서 이러한 종은 뇌
두도 짧으며 굵다. 이러한 야생삼을 심마니들은 천종이나 지종산삼이라고
말하지 않는다.
인간이 인삼의 묘삼을 산에 심어 키우는 삼은 그 모양의 차이가 확연하지만
이는 산삼의 범주에 들어가지 않는다.
산삼의 명칭은 산삼의 모양 형태를 보고 과학적인 명확한 근거가 없이 막연
하게 판단하는 것이다.
그러나 심마니들이 천종산삼 또는 지종산삼이라고 하는 산삼은 분명히 우
수한 산삼임에는 틀림없다.
뇌두가 길게 형성되거나 치밀하게 붙어 나이가 적어도 20년 이상 된 산삼
이라야 지종산삼이라는 이름을 부여하며 30년 이상 되어 뇌두가 길고 가
락지가 선명하며 미가 잘 발달된 모양이 아름다운 산삼을 천종산삼이라고
이름을 부여한다.
모든 산삼의 모양은 원종자의 유전성과 그 지역의 환경, 토양, 경사도, 나이
등에 따라 결정되며 각자 모든 산삼의 모양이 다를 수밖에 없다.

따라서 이러한 명칭 구분보다는 산삼의 나이 등으로 판단하는 것이 좋을 것 같다. 어린 산삼보다는 나이가 많은 오래된 산삼이 더욱 좋은 삼이다.

재배삼의 경우 인삼은 6년이면 경제적인 수명을 다한다. 물론 이식하며 키우는 경우는 10년도 키울 수는 있다.

묘 장뇌의 경우도 보통 12년 정도면 그 경제적인 수명을 다한다. 따라서 20년 이상 살아온 산삼이라면 분명히 좋은 산삼이라고 할 수 있을 것이다.

다음은 일반적으로 부르는 산삼의 명칭이다.

4.5.1 천연산삼(자연산삼)

가. 천종산삼(天種山蔘)

심마니들은 7~800M 고지대에서 본래의 산삼원종의 씨가 떨어져 대를 이어가며 자라는 산삼을 천종산삼이라고 부른다.

분명히 산삼원종이 존재하며 씨가 떨어져 자라고 있음도 부정할 수 없다. 그러나 그 산삼의 씨가 본래 산삼 원종의 씨라는 명확한 확인 방법 또한 없다.

나. 지종산삼(地種山蔘)

산삼의 씨가 조류 등에 의해 저지대로 옮겨져 싹이 트고 대를 이어가는 산삼을 지종산삼이라고 부른다. 지종산삼은 인삼의 종자가 대를 이어가며 산에서 거듭 나고 있는 것도 포함한다.

다. 조복삼(鳥腹蔘)

이름처럼 새가 숙과를 먹고 배설한 후 싹이 터서 자라는 산삼을 말한다. 조복삼의 특징은 동일한 삼령의 산삼이 동시에 여러 뿌리가 밀집 발견된다는 것이다. 그 이유는 새가 여러 개의 산삼의 열매를 먹고 동일한 장소에서 배설하기 때문이다.

라. 씨장뇌(씨長腦)

산삼의 씨를 인간이 뿌려 싹이 튼 삼을 말한다.

마. 야생 산삼(野生山蔘)

인삼의 씨를 새가 먹고 산에 배설하여 자란 삼을 말한다. 인삼 씨가 산에 떨어져 자란 삼을 1대 야생삼이라고 하며 그 후손인 야생삼이 싹을 틔운 것은 2대 야생삼이라고 한다.

삼천만 년 동안 진화하며 살아온 산삼이 수백 년간의 영양분이 많은 토양 속에서 재배되어 부분적으로 변형된 바 그 변화 폭은 미미하고 성장속도가 빨라진 것이다.

이 인삼이 다시 산으로 돌아가서 대를 거듭하며 오랜 기간 과거로 회기하면 다시 우수한 산삼으로 거듭날 수 있을 것이다.

바. 진삼(眞蔘)

자연삼을 통칭하며 재배삼(家蔘)과 구분하는 용어이다.

4.5.2. 재배삼

가. 산양삼

산지에 씨를 뿌리거나 종묘를 이식하여 재배하는 삼을 말한다.

나. 묘장뇌

인삼이나 장뇌삼의 어린 묘를 이식하여 키우는 재배삼

나. 인 삼

밭이나 평지 야산 등에 삼포를 조성하고 해가림 시설을 통하여 재배하는 삼

제5장 산삼 산행

V. 산삼 산행

산삼을 채집하기 위해서는 산으로 가야 한다. 그러나 모든 산에서 산삼이 자라는 것은 아니다.

따라서 산삼을 찾기 위해서는 최소한의 기본 지식을 알고 산행을 하여야 발견할 확률이 높아진다.

5.1 자생지 조건

5.1.1 기후조건

산삼은 더위와 태양의 직사광선 등을 매우 싫어한다. 반대로 그늘지고 통풍이 잘 되며 서늘한 곳을 좋아한다.

따라서 남향의 햇빛이 많이 들고 건조한 곳에서는 발견하기 어렵다.

북향으로 그늘이 형성되고 서늘한 바람이 통과하는 곳이 적지이다.

5.1.2 토양조건

산삼은 항상 습한 토양을 싫어한다. 수렁이 많은 곳, 점토질로 수분 함량이 항상 많은 곳에서는 살지 못한다.

배수가 잘 되는 토양을 선택하여야 할 것이다.

5.1.3. 산림의 경사도

산 바닥의 경사가 심한 곳에서는 잘 발견되지 않는다. 그 이유는 새에 의해 씨가 바닥에 떨어져도 빗물에 의해 흘러내리기 때문이다.

이러한 지형에서는 경사진 곳 중 웅덩이처럼 완만한 곳에 집중하라. 그러나 부엽토가 많이 쌓여 있어 떨어진 씨가 그 밑으로 들어가면 개갑이 되고 싹이 튼다.

5.1.4 임상조건

산삼은 바닥에 잡초가 무성한 곳 또는 조림지 소나무. 아카시아 밤나무 단지 등에서는 잘 자라지 않는다.

혼유림을 선택하고 바닥에 부엽토가 많으며 잡초가 적은 곳을 선택하라. 특히 동반자 식물이 자주 발견되는 곳을 선택하라.

동반자 식물은 반음지식물로서 초본식물로는 큰참나물, 참나물, 곰취, 산작약, 천남성, 산더덕,등이 있으며 목본식물로는 엄나무, 오가피, 오미자, 참나무와 소나무의 혼유림 등에서 자주 발견된다는 점을 유의하라.

특히 참당귀 등 산형과 식물이 자라는 습한 토지와 도라지, 치치, 백수오등 양지식물이 자라는 곳과 칡덩굴, 으름나무, 버드나무, 군락지, 어린 나무가 밀집된 곳에서는 발견하기 어렵다.

5.1.5 기타조건

산삼이 자라는 곳은 산에 인삼이든 산삼이든 간에 그 씨가 떨어진 후 싹이 튼 곳이라야 한다.

산삼이 싹이 터서 자라려면 사람이 인위적으로 씨를 뿌리거나 산삼의 씨가 자연적으로 떨어지거나 새가 산삼의 씨를 먹고 산에 배설하거나 하여야 한다.

1) 새들이 잘 노는 곳을 선택하라

산삼의 씨앗은 조류에 의해 이동된다. 특히, 꿩, 산비둘기, 산까치 등이 산삼의 숙과나 인삼의 숙과를 먹고 배설하여 씨가 산림 토양 속에 떨어져 성장하게 된다.

따라서 새들의 배설물이 많이 있고 꿩이 퍼덕이는 곳이 적지이다.

2) 과거 산삼이 발견된 기록을 잘 살펴라.

과거에 산삼이 발견된 지역은 확률상 산삼이 발견되기 쉽다. 그 이유는 분명히 오래된 산삼이 종자를 퍼트렸을 것이기 때문이다.

5.2 자생지 현황 파악

5.2.1 역사적인 기록이 있는 곳

1) 3국 시대

과거 우리나라는 국토의 70% 이상이 울창한 산림으로 조성되어 있었다. 따라서 한반도에는 도서지방과 해안을 제외하고는 거의 전국적으로 산삼이 자생하였다고 한다.

마치 산에서 도라지가 자라듯이 흔하게 볼 수 있었다고 한다.

산삼의 명칭도 생산지에 따라 백제삼, 신라삼, 고구려삼 등으로 구분하였다.

백제지역은 충청남도와 전라남북도 즉 백두대간에서 분기한 여러 정맥을 통하여 덕유산, 지리산으로 연결되는 많은 산야에서 자랐을 것이다.

또한 신라구역은 백두대간에서 남으로 뻗은 정맥을 통하여 경남 양산 지방까지 분포되었을 것이다.

고구려 산삼은 백두산을 중심으로 한 만주지방과 북한지방 전역에 분포되어 자라고 있었을 것이다.

2) 고려시대

그러나 중국에 조공을 하면서부터 수요가 늘어 점차 감소하게 되었으며 고려 말기에는 이미 산삼이 귀하게 되어 심마니들이 산에서 산삼을 채집하면 그 씨를 주변에 뿌리고 관리하며 은밀히 키워 왔다.

그것은 씨앗만 사람이 뿌렸을 뿐 산삼의 종 그대로였다.

고려말기에 이르러서는 산에 씨를 뿌리고 키우는 재배삼이 시작되었다. 이는 산삼의 씨를 산에 뿌리고 수십 년을 기다리며 수확하는 형태이다.

산양산삼(山養山蔘)의 재배가 이미 900년 전인 고려인종/AC 1122 때부터 시작된 것이다. 이로써 산삼의 개체를 다소 늘릴 수 있었을 것이다.

3) 조선시대

조선시대에 이르러서는 산삼의 공출이 더욱 심하게 되며 산삼이 자라는 곳에

산삼이 자생하던 곳

서는 민간인의 채집을 금지하는 산삼 봉표를 설치하였다.

　강원도 정선, 인제 등에 설치가 되었고 세종지리지 동국여지승람(1454~1544)에 따르면 이때 전국에 101개소에서 인삼(당시는 산삼을 의미함) 이 자생하고 있다고 기록하였다.

　또한 세종신록에 따르면 조선 2대 임금인 정종 시절 경상남도 양산군수 남학문이 상소를 올려 산삼이 귀하게 되어 가삼이 성행한다고 알려왔으며 당시 가삼이란 천연산삼의 씨를 인가 주변의 산야에 뿌리고 키우는 형태의 산삼을 의미한다.
　그 후 국가 주도형 인삼 재배는 주세붕(周世鵬 1495~1554)이 풍기군수로 부임하여 재배하기 시작하였고 수년 뒤 개성군수로 부임하여 개성에서도 재배가 시작되었다.

따라서 이들 지역에서는 수백 년 전부터 산양산삼의 씨앗이 새들에 의해 산으로 이동었을 것이며 품질이 좋은 산삼으로 거듭났을 것이다.

 조선시대 중엽인 17~18세기에는 재배기술이 발달하여 가삼재배가 산에서 밭으로 이동하고 해가림 시설이 등장하였고 지금과 유사한 인삼포가 생겼다.

 조선시대 말기 고종 때부터 풍기와 개성에서 대대적으로 인삼을 재배하게 되었는데 그 후 인삼 재배는 전국으로 퍼져 나갔다. 1895년(고종32년) 조선 정부는 包蔘法을 공포하고 홍삼의 제조를 국가에서 주도하였다.

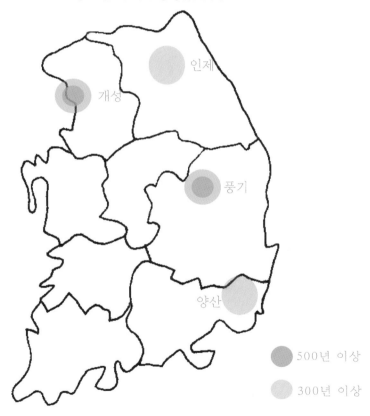

4) 일제침략시대

일본이 한반도를 침탈한 직후 조선통감부 시절부터 인삼과 홍삼의 유통을 독점하려고 1908년 홍삼 전매법을 재정하자 인삼 재배 상인들이 연합하여 자체적으로 인삼조합을 형성하였다. 최초의 인삼조합은 풍기인삼조합이다.

그 이후 1995년까지 전매법으로 홍삼의 재배는 국가가 주도하고 인삼 경작자가 소비자에게 직접 판매하거나 그 종자를 분양할 수 없도록 법으로 금지하였다.

따라서 산에 씨를 뿌리는 장뇌삼의 재배도 법을 위반하는 것이 되었고 이로 인하여 국가가 수매하는 인삼 이외의 산양산삼이나 장뇌삼은 극히 드물게 비밀리 재배할 수밖에 없었다.

5) 인삼조합의 설립현황

풍기인삼조합 : 1908년 설립
영주시 예천, 봉화, 상주, 문경 지역의 인삼재배상이 결집하여 설립함

개성인삼조합 : 1910년 설립
개성, 파주, 포천 지역의 인삼 경작자가 중심이 되어 설립

금산인삼조합 : 1923년 설립
금산 인삼 재배상인들이 중심이 되어 설립
1950년대 이후 전국 최대 재배상인으로 존립

충북인삼조합 : 1955년 설립
음성, 증평, 보은 등 재배상인들이 설립

전북인삼조합 : 1957년 설립
진안, 장수 등 재배상인들이 설립

안성인삼조합 :   1959년 설립
                  안성, 용인 등 지역 재배상인들이 설립

경기동부인삼조합 : 1972년 설립
                  이천 지역 재배상인들이 설립

강원인삼조합 :   1976년 설립
                  철원, 홍천, 횡성 지역 재배상인들이 설립

기타 인삼조합 :   강화인삼조합, 서산인삼조합, 부여인삼조합, 김포인삼조합
                  등이 있었고 이들 조합원이 중심이 되어 인삼 재배가 성행
                  하였다.

5.3. 산삼을 찾는 방법

산삼은 산삼 또는 인삼의 종자가 떨어져 자라는 지역에서 찾을 수 있다.

원래 인삼은 산삼의 종자를 인간이 재배하면서 생긴 것이다. 본래의 씨앗은 산삼의 씨앗이었다. 본격적으로 인간이 인삼을 재배한 역사는 약 500년 정도 된다.

수억 년 내지 수천만 년 동안 산에서 자라던 산삼의 종자가 불과 5백년의 기간 동안 얼마나 진화하였을까.

진화하고 비대하여 진 것은 틀림없으나 유구한 역사를 볼 때 미비한 것이다.

산돼지가 진화하여 집돼지가 되고 늑대가 진화 하여 개가 된 것처럼 산삼이 진화하여 인삼이 되었으므로 산삼과 인삼의 종자가 다르다고 주장 하는 사람도 있다. 그러나 산돼지와 늑대가 인간에 의해 길들여지고 개량 된지는 수 만년 지났다.

조선초기의 우리 조상과 현재의 우리가 얼마나 차이가 날까. 인삼의 씨가 산으로 돌아가면 다시금 과거의 산삼으로 돌아가려는 회기성 경향이 있어 2대~3대에 걸쳐 씨를 뿌리고 거듭나면 원종과는 큰 차이가 없는 훌륭한 산삼이 되는 것이다.

산삼의 원종인 천연산삼의 씨는 강원도 설악산과 오대산, 태백산과 가리왕산을 중심으로 하며 경상북도를 중심으로 소백산과 충청북도 월악산 속리산으로

연결되는 산야, 덕유산, 가야산, 전라도의 지리산으로 연결되는 산야를 중심으로 자생하였다.

그리고 500년 전부터 소백산 주변과 개성부근에서 산삼종자로 재배삼이 시작되었다.

100년 전부터는 금산에서 본격적인 인삼 재배가 이루어지고 전국으로 재배지가 확장되어가고 있는 추세이며 현재는 서남해안과 남부 동해안 및 도서 지방 그리고 제주도를 제외한 전국에서 재배하고 있다.

또한 인삼재배가 성행하던 곳에서는 조류에 의하여 그 씨앗이 다시 산으로 돌아가 번식을 하게 되었을 것이다. 이러한 지역이 산삼을 찾을 수 있는 구역이라고 보면 틀림없다.

5.3.1 경기도 지역

경기도 지역은 개성을 중심으로 하여 산양산삼과 인삼재배 역사가 500년에 이른다.

개성을 중심으로 재배 지역이 확장되어 파주, 연천, 포천으로 확장되었다.

6.25 이후 남북이 분단된 이후 휴전선이 생기며 군사통제가 실시됨에 따라 영농에 어려움이 많아 인삼 재배를 위한 삼포가 많이 생겼다.

경기도 북단인 강화도, 김포, 파주, 연천, 포천 지역이 해당된다. 민통선을 중심으로 통제가 있었고 과거부터 인삼 재배지가 많아 산삼이 자주 발견되는 지역이다.

또한 개성은 인삼재배 역사가 500년이 넘는다. 따라서 주변 야산에 많은 씨가 떨어졌을 것이다.

남부 경기도인 안성, 용인, 여주, 이천 등지는 인삼재배 역사가 약 50년에 이른다. 따라서 초기에 삼포에서 산으로 이동한 인삼의 종자는 30년 정도 된 산삼으로 거듭났을 것이다. 이 지역에서도 산삼이 자주 발견된다.

경기도에는 산삼이 성장하기에 적합한 풍화토가 잘 발달되는 지질인 화강암지대가 널리 분포되어 있다. 이러한 지역에서는 양질의 삼이 발견되는데 배수가 잘되는 토양이 형성되어 뿌리가 잘 발달할 수 있기 때문이다.

화강암이 분포된 지역은 개성을 중심으로 하여 동서방향으로 파주, 포천, 연천 등에 이르며 남부로는 평택에서 안성, 이천, 여주로 연결되는 지역이다.

5.3.2 강원도 지역

강원도는 본래 조선시대까지 산삼이 많이 발견되던 곳이다. 설악산을 중심으로 오대산과 태백산까지 연결되는 백두대간에서 소위 천종이라고 하는 우수한 산삼이 간혹 발견된다.

특히 조선시대 민간인의 산삼채집을 금지하는 봉표가 여러 곳 있었고 정선 가리왕산에는 아직도 남아 있다.

철원, 화천지역은 과거 군사통제로 인하여 영농인의 출입이 어려운 지역 이었다. 따라서 인삼재배가 많이 이루어져 왔으며 최근에도 장뇌삼의 재배가 성행한다.

양구, 인제, 홍천 지역은 백두대간의 서편으로 영서지방이라고 하며 과거 산삼이 많이 발견되던 곳으로 지금도 질이 좋은 양질의 산삼이 나온다.

홍천 지방과 횡성 지방은 최근 약 30~40년 전부터 인삼재배가 성행하였고 이로 인하여 주변 산에 많은 씨가 새들로 인하여 옮겨졌을 것이다. 이 지역에서는 야생 산삼을 채집할 수가 있다.

원주 지방은 치악산을 중심으로 주변 산야에서 종종 산삼이 발견된다. 지금도 이 지역에서는 장뇌삼 재배가 성행하고 있다.

정선지방 가리왕산은 산삼이 많이 발견되어 나라에서 민간인의 출입을 통제하

강원도자생지 현황

철원
금학산　화천　양구　고성
　광덕산　　　　설악산
　　　　인제
춘천　　　　　양양
　　　홍천　오대산
　　횡성
　　　평창　강릉
　　가리왕산
원주
치악산
　　영월　정선
　　태백산　태백　　삼척

는 산삼 봉표를 세운 곳이다.

　인제 지역도 산삼봉표가 있던 곳이며 화강암의 풍화토가 많아 질이 좋은 산삼이 많이 발견되는 최적지이다.

　태백산을 중심으로 한 고지대는 과거에 산삼이 많이 발견되었던 곳으로 지금도 간혹 발견되고 있다.

　춘천지방도 한강변 북향으로 장뇌삼이 재배되고 씨가 많이 뿌려진 지역이다.

　영동지방으로는 삼척 도계지역이 장뇌를 재배한 역사가 있으며 양양지방은 설악산 줄기에서 간혹 발견된다.

　따라서 강원도는 거의 전 지역을 산삼의 분포 지역으로 보아도 된다. 강원도 역시 지질구조상 화강암의 분포가 많은데 백운산, 설악산과 오대산을 연결하는 철원, 화천, 인제, 홍천 지역이 이에 해당한다.

　또한 퇴적암인 석탄층이 발견되는 태백, 정선, 삼척, 지역도 산삼이 발견된다. 본 저자가 가장 많이 산삼을 발견한 지역도 강원도이다.

5.3.3. 충청북도

충청북도 음성은 국내 단일군으로는 최대 인삼의 재배지이다. 재배 역사는 50~60년 정도로 보이며 산삼이 자주 발견된다.

또한 옥천과 영동지방도 산삼이 자주 발견되는데 금산 인삼 재배상이 50~60년 전 이곳에서 삼포를 시작하였다.

속리산을 중심으로 장뇌삼의 재배가 있었기에 보은 지방 및 청원군 일대에서도 산삼이 발견된다. 충주지역 월악산과 소백산에 인접한 서북단의 단양지역도 산삼을 채집할 수 있을 것이다.

단양 지역은 산삼이 발견되지만 석회암이 노출된 지역은 발견이 어렵다. 이 지역은 수분 함량이 많은 석회암과 점질토의 토양이 많이 분포 되어 있어 산삼의 성장이 어려우므로 위치선정을 잘하여야 한다.

강원도 치악산의 남단인 제천지방에서도 자주 산삼이 발견되며 청원과 충주지방의 인삼재배 역사도 오래 되었으므로 주변에서 발견할 수 있을 것이다.

충청북도자생지현황

5.3.4. 충청남도

충청남도는 인삼재배의 원산지이다.

금산에서는 약 100년 전부터 인삼이 재배되었고 그 재배 상인들이 충남전역으로 삼포를 확대하여 재배하기 시작한 지도 50년 이상 된다.

또한 부여를 중심으로 오래전에 인삼이 재배되고 홍삼 제조창이 있었다. 서산, 당진, 홍성 지역도 구릉지가 많아 인삼이 재배되었고 예산 지방도 부분적으로 인삼이 재배되었다.

조선시대 기록에 따르면 예산군이 대흥지역이 산삼자생지로 소개되었다.

따라서 이 지역을 중심으로 인삼포에서 새가 열매를 먹고 산에 많은 양의 씨를 배설하였을 것이다.

대둔산을 중심으로 하여 양질의 산삼이 생산되고 있으며 해안변을 제외한 전 지역에서 산삼이 발견된다.

본 저자도 보령군, 홍성군, 예산군 일원과 당진시, 서산시 그리고 아산시부근에서 산삼과 야생삼을 많이 채심한 바 있다.

5.3.5. 전라북도

전라북도는 과거 덕유산과 대둔산 그리고 지리산으로 연결되는 산줄기에서 산삼이 많이 발견되던 지역이었다.

또한 금산지역의 인삼재배 역사는 100년이 되었으며 진안 지역도 50~60년이 되었다.

이들 영향으로 대둔산과 덕유산 일대에서는 우수한 산삼이 자주 발견되며 진안 지역과 지리산 북단인 남원 지역에서도 발견된다.

최근에는 고창 지역과 전주 부근에 인삼포가 많이 생겼는데 아직은 어린 1대의 야생삼 정도가 채집된다.

5.3.6. 전라남도

전라남도는 비교적 기온이 높은 지역이다. 역사적 기록으로는 화순 모후산에서 산삼을 발견하여 재배하기 시작한 것이 인삼이라고 한다.

따라서 화순 등 내륙지방에서 산삼을 찾아야 할 것이며 남해안 부분이나 서남해안 도서 지방 등에서는 발견할 확률이 아주 적다.

전라남도 자생지현황

장성
담양   곡성   지리산
영광
함평   광주   구례
무안   화순   모후산
영암   보성   순천
월출산   여수
강진   장흥   고흥
해남

5.3.7. 경상북도

과거부터 경상북도의 소백산과 태백산에는 산삼이 많이 있었다. 특히 소백산을 끼고 있는 풍기 지역은 인삼재배가 최초로 시작되었고 그 역사가 500년 이상 된다.

따라서 장기간 동안 재배된 인삼의 씨를 조류가 먹고 인접 야산에 배설하여 야생삼이 되고 또 그대를 거듭하여 양질의 산삼도 탄생되었을 것이다. 500년 전 최초로 인삼을 재배할 당시 그 종자는 분명히 산삼의 종자였다.

봉화. 영주. 풍기. 예천으로 연결되는 백두대간의 여러 산과 일월산. 주왕산으로 연결되는 낙동 정맥의 여러 산 주변에서 산삼이 자주 발견되며 많은 심마니들이 활동 하고 있다.

이 지역의 토양은 화강암 지대로 풍화된 마사토가 풍부하여 산삼의 뿌리가 잘 발달하는 아주 우수한 지질 여건을 갖추고 있다.

그러나 안동 청송 지방은 부분적으로 배수가 잘 되지 않는 토질이어서 산삼이 자라기에 적합하지 않은 곳도 있다.

경상북도자생지현황

5.3.8. 경상남도

경상남도는 소백산. 속리산. 덕유산과 지리산으로 연결되는 백두대간의 많은 산에서 산삼이 발견되고 있으며 또한 역사적인 기록으로 양산지방에 산삼이 많았으나 국가에서 공출함에 따라 귀해져서 600년 전 가삼이 성행하였다고 세종신록에 기록되어 있다.

따라서 이들 지역에는 산삼의 원종이 자라고 있을 확률이 높으며 덕유산주변의 거창, 함양, 산청 지역에서 산삼이 최근에도 자주 채집되며 대규모의 장뇌 단지가 조성되고 있다.

5.3.9. 제주도

제주도에는 산삼이 발견되었다는 기록은 없다. 기후도 온화하고 화산암인 현무암으로 이루어져 있어 거의 존재 가능성이 희박하다. 최근에는 일부 지역에서 장뇌삼을 재배한다,

5.4 산삼이 자라는 곳

전술한 바와 같이 대략적으로 산삼이 자생할 만한 곳의 전국 현황을 파악할 수 있다.
그 다음 단계로는 실질적으로 산삼이 자라는 여러 가지 조건을 알아야 할 것이다.

가. 주변에 산삼이 자랐던 곳 또는 과거 인삼포가 있던 곳

산삼은 그 씨가 떨어져 싹이 난 곳에서만 자란다. 따라서 과거 인삼을 재배하였던 흔적을 찾아 그 주변 야산을 집중적으로 훑어보라.

최상품의 산삼(본래 산삼의 씨가 산에 떨어져 싹이 튼 산삼)이 아니더라도 인삼의 씨가 산에서 자란 야생 산삼을 발견할 수 있을 것이다.

인삼을 재배한 곳의 주변 야산 모습 1

나. 인삼의 씨가 산에 옮겨질 수 있는 환경

산으로 종자가 옮겨지기 위해 씨를 먹고 배설할 조류(꿩, 까치, 까마귀, 산비둘기) 등의 텃새가 살아야 한다. 산삼이 자라던 곳에 씨가 떨어지거나 인삼이나 산삼의 씨를 새가 먹고 배설하거나 인간이 씨를 뿌리지 않으면 산삼은 자라지 않는다.

산삼의 씨는 바람에 의하여 이동할 수가 없기 때문이다. 산삼을 찾기 위해 새가 많이 놀고 있는 산을 선택한다.

이러한 곳에서는 새의 배설물이 많이 있고 새소리가 종종 들린다.

다. 산에 씨가 떨어져서 싹이 틀 수 있는 적합한 토양

산에 씨가 떨어져도 싹이 트기 어려운 토양이면 양질의 산삼을 발견할 수 없다. 마사토 등 배수가 잘 되고 지팡이 등으로 바닥을 눌러서 잘 들어가는 부드러운 토양이 적합한 환경이다. 또한 부엽토가 적당이 덮여 있고 넝굴 식물이 바닥에 많지 않은 곳이 적합하다.

산삼이 잘 자랄 수 있는 산림의 환경조건 1

산삼이 잘 자랄 수 있는 산림의 환경조건 2

라. 싹이 튼 산삼의 어린 묘가 성장할 수 있는 주변 여건이어야 한다.

마. 산삼은 음지식물이므로 성장을 할 수 있도록 적당한 일조량이 필요하다.

바. 산삼의 뿌리가 썩지 않도록 배수가 잘 되어야 하고 공기가 잘 순환되어야
한다.

산삼은 경사가 아주 심한 곳에서는 잘 자라지 못한다. 그 이유는 씨가 떨어져도
건조하여 발아가 잘 되지 못하며 강우에 의해 씨가 떠내려가기 때문이다.
반면에 경사가 완만한 곳은 꿩 등의 새가 둥지를 틀고 떨어진 씨도 발아가 잘된다.
직사광선이 들어오는 남향은 대체로 건조하고 바닥에 잡초가 많이 있다. 따라
서 산삼의 생육에 적합하지 않다.

산삼이 자주 발견되는 산의 모습

산삼이 잘 자라지 못하는 환경

　밀림과 같이 큰 나무 밑에 작은 나무와 넝쿨식물이 밀집된 지점에서는 산삼이 적응하며 살아가기가 힘든 환경이다.

　높고 경사가 심한 산에는 독수리, 매 등이 서식한다. 산삼의 씨를 옮기는 꿩, 까치, 비둘기 등은 독수리와 매 등이 사는 곳에 잘 접근하지 않는다. 따라서 씨가 떨

어질 확률이 적다

바닥에 잡초가 적고 부엽토가 충분한 곳에서 산삼은 잘 자란다.

그러나 수백 년 전 심마니들이 뿌려놓은 질이 좋은 산삼이 대를 이어가며 성장
할 수도 있다.

이러한 장뇌삼은 사람의 접근이 어려운 은밀한 곳에 씨를 뿌리고 키워 왔으며
주로 북향에 씨를 많이 뿌렸다.

위 사진은 산삼이 자생하기 적당한 환경조건으로 큰 나무 밑에 부엽토가 충분히 깔려 있고 넝쿨식물과 작은 나무가 없으며 바람이 잘 통하는 환경이다.

제6장 산삼과 혼동하기 쉬운 식물

VI 산삼과 혼동하기 쉬운 식물

6.1 잎의 모양이 비슷한 식물

6.1.1 오가피

오가피는 산삼과 조상이 같다. 오가피는 목본 (木本) 식물이며 산삼은 오가피
가 초본 식물로 진화한 것이다.

따라서 산행 시 오가피의 잎을 보고 산삼으로 착각하는 경우가 많이 있다.

오가피의 잎 모양

오가피는 여러 종이 있는데 가시가 솜털처럼 붙어 있는 가시오가피. 가시가 없
는 민가시오가피, 장미 가시 같은 왕가시오가피 등 여러 종류가 있으나 잎의 모
양은 비슷하다.

가시오가피 줄기   왕가시오가피 줄기   민오가피줄기

오가피는 학명으로 ACANTO PANAX 즉 가시 달린 만병 통치약이란 뜻으로 PANAX란 인삼을 의미한다.

오가피는 잎과 줄기 및 뿌리 모두 약으로 사용되며 특히 가시오가피의 약성이 으뜸으로 알려져 있다.

6.1.2 작약

작약은 깊은 산 습한 곳에서 자란다. 작약은 뿌리가 약재로 널리 사용되며 잎의 모양과 뿌리의 형태가 유사하다.

작약의 잎 모양

작약은 백색의 꽃이 피는 백작약과 붉은 색의 꽃이 피는 적작약이 있으며 돌이 많고 다소 습한 곳에서 잘 자란다.

작약의 뿌리 모양

작약의 뿌리는 여러 용도의 약재로 사용된다. 이 중 적작약은 멸종 위기 식물로 채집이 금지되어 있다.

작약의 씨앗

6.1.3 천남성

천남성은 약용으로도 사용되지만 유독초이다. 그러나 잎의 모양과 열매가 산삼과 비슷하여 일반인이 산삼으로 오해하는 일이 생긴다.

천남성의 잎 모양

좌측 사진은 봄에 대가 올라오는 모습이고 우측사진은 초가을 꽃이 피고 열매가 열린 모습의 사진이다.

6.2 뿌리의 모양이 비슷한 식물

6.2.1 도라지

도라지는 약용 식용으로 사용하는 매우 흔한 식물이다.

도라지의 꽃이 핀 모습과 새싹이 나오는 도라지 모습

꽃의 색에 따라 흰 꽃이 피는 것은 백도라지라고 부르며 보라색 꽃이 피는 것을 도라지라고 한다. 도라지는 양지식물로 비교적 햇빛이 많이 들어오는 곳에서 자라므로 산삼이 자라는 곳에서 함께 발견될 가능성은 거의 없다.

뿌리의 모양이 산삼과 흡사하다.

위 그림은 재배하는 도라지 잎 모습이고 우측은 야생도라지의 뿌리 모습이다.

6.2.2 잔대

잔대의 잎 모양

잔대란 도라지과에 속하는 식물이며 딱주 또는 사삼이라고도 하며 우리나라에
서는 여러 종이 자생하고 있으며 산에서는 수십 년을 살아간다.
꽃은 종 모양으로 작고 연한 보라색이며 여러 송이가 함께 핀다. 예로부터 약
용으로 사용하였고 뿌리 모양이 산삼과 유사하다.
잔대의 잎 모양은 여러 가지의 형태가 있으며 연한 줄기는 식용으로 나물로 무
쳐서 먹기도 한다.

잔대의 꽃과 뿌리 모양

6.2.3 만삼, 더덕, 쇠경불알

더덕의 잎과 뿌리 모양

더덕과 식물은 초롱과에 속하는 여러 해 살이 식물로 더덕, 쇠경불알, 만삼이 있다. 쇠경불알과 더덕의 잎 모양은 비슷하며 쇠경불알은 더덕보다 다소 습한 곳에 산다.

만삼의 꽃과 뿌리 모습

만삼은 잎이 부드럽고 둥근 모양이며 높은 산에서 자생하며 뿌리는 도라지와 비슷하게 길고 부드럽다.

쇠경불알은 뿌리가 탁구공처럼 둥글고 단단하다.

쇠경불알의 잎(좌측)과 만삼의 잎(우측)

　더덕과 만삼, 쇠경불알 모두 넝쿨성 식물로 줄기를 따라 잎이 주로 3~4엽씩 붙어 가며 성장한다.
　　더덕의 어린 뿌리는 산삼의 어린 뿌리와 유사한 모양이지만 성장하면 가락지가 선명하고 잔뿌리는 거의 없거나 짧으며 굵은 모양이다.

더덕의 꽃(좌측)과 쇠경불알의 꽃(우측)

　더덕과 식물은 수십 년 자라서 나이를 먹으면 뿌리에 물이 고이는데 이것은 예로부터 명약으로 알려져 있고 복용하면 깊은 잠에 빠지며 명현현상이 생긴다.

쇠경불알의 뿌리

6.2.4 백선피

백선피는 산에 비교적 흔하게 자생하는 식물이다.

백선피의 잎

그러나 백선피를 봉삼이라고 하며 아주 귀한 산삼의 일종으로 둔갑시켜 고가에 판매하는 사기 행각이 종종 있어 왔다.

가을에 낙엽이지는 백선피와 초여름 꽃이 핀 백선피의 모습

원래 봉삼이란 산삼중 봉황의 모습을 한 산삼을 의미하였지만 일부 사기꾼들이 백선피를 봉삼으로 둔갑시킨 것이다.

백선피의 뿌리는 매우 독하고 특이한 향내가 있으며 약용으로 사용된다. 백선피는 양의 냄새가 난다고 하여 백양선이라고도 부른다.

백선피가 좋은 약재로 활용되고 있음은 부정할 수 없으나 산삼의 일종으로 둔갑시켜 고가로 판매하는 행위는 잘못된 것이다.

백선피의 뿌리

6.3 이름에 "삼"이 들어간 식물

6.3.1 천삼

천삼(땃두릅나무)의 잎 모양

천삼이란 두릅나무과의 땃두릅 나무를 말하며 그 뿌리와 줄기를 약으로 사용한다.

천삼은 고지대(해발표고 1000M 이상)에서 자라며 줄기는 넝쿨성으로 가시가 많이 달려 있다.

잎에 솜털과 같은 흰색의 가시가 있다.

6.3.2. 진삼

진삼이란 산형과 식물의 일종으로 큰 참나물 뿌리를 말하며 뿌리의 모양은 산삼과 비슷하나 가늘고 긴 형태이다.

잎은 3엽이다.

진삼의 잎과 꽃 그리고 뿌리

Ⅶ. 구독자에게 하고 싶은 이야기

본 임기성의 산삼이야기에서는 산삼이란 무엇인가 또 어디서 자라고 자생지별로 어떤 모양의 차이가 있는지를 설명을 하였다.

본 저서를 구독함에 따라 산삼은 한반도에서만 존재하는 것이 아니며 중국의 연해주지방과 기타지방에서도 여러종이 자생하며 아메리카대륙과 베트남, 일본 히말라야지역에서도 자생하고 있음을 알게 된다.

산삼은 어떻게 성장하며 산삼의 나이를 판별하는 방법과 좋은 산삼을 구별하는 방법에 대하여도 충분히 설명하였다.

인삼과 장뇌삼, 산양삼 . 산삼의 차이에 대하여도 설명하였다.

본 저자는 산삼을 채집하여 판매를 생업으로 하는 심마니들에게 몇가지 조언을 하고자 한다.

심마니들은 본인이 직접 채집한 산삼 나이를 잘 알고 있다.

따라서 나이를 속이는 짓을 하여서는 안된다. 산삼은 반드시 싹이 나오고 떨어지면 그 흔적을 남기며 이것이 산삼의 나이 이다.

방송에 수백년 된 산삼을 발견하였다며 사진과 심마니가 등장한다. 또한 그 감정가가 수천만원에서 수억원에 달한다.

양심적인 심마니분 들은 방송을 보고 들으며 무슨 생각들을 하실까

저자가 사진을 판독한 바에 따르면 대부분 야생삼이며 나이도 어린 것이 많다. 또한 중국에서 들여온 중국산삼인 경우도 많다. 미국 캐나다산인 회기산삼인 경우도 간혹 있다.

중국삼 이던 미국삼 이던 그 자생지를 정확히 알려주며 합당한 가격으로 판매하면 된다.

원산지를 속이거나 나이를 부풀려서 판매하는 비양심적인 행동으로 산삼을 구입하려는 사람으로부터 불신을 받은 지 이미 오래 되었다.

심마니는 양심을 기본으로 하여야 한다.

국내에서 직접 채심한 산삼이 아니면 그 자생지를 정확히 밝히고 거짓 판매를

하지 말자.

 산삼을 채심하고자 하는 분에게 하고 싶은 말도 있다.
 일반적으로 국내에서 채심되는 산삼의 대부분은 인삼포 주변에서 인삼씨를 새가 먹고 배설하여 야생상태에서 자라는 야생삼이거나 심마니가 산에 뿌린 씨가 자란 씨장뇌삼 이 대부분이다.
 또한 산행 시 산삼이 발견되면 재배되고 있는 산양삼이나 장뇌삼인지 구분을 하여야 한다. 재배하고 있는 산양삼을 채심하면 절도가 된다.
 따라서 산에서 산삼이 다량 발견되면 주변 환경을 살펴 재배되는 산양삼인지 판단하여야 한다. 재배산양삼은 반드시 울타리를 치거나 재배 산양삼임을 표시하는 흔적이 있다.
 산삼을 채심하고자 하는 사람은 본 저서에 설명하고 있는 각종 내용을
 잘 숙지하고 채심에 임하면 큰 어려움은 없을 것이다.

 심마니나 산삼을 채심하기 위하여 산행을 하는 분들에게 하고 싶은 말이 있다.
가을산행 시에는 씨를 뿌리자 인삼의 씨앗이던 장뇌 또는 산양삼의 씨앗이던 별상관없다. 원래 모든 씨앗의 조상은 산삼이었다.
 다만 인간의 재배과정에서 성장이 빨라지고 비대해지는 정도의 약간의 유전적 변화가 있었을 뿐이다.
 산에 뿌려진 씨앗이 수십년간 대를 거듭하며 성장하면 우수한 품질의 산삼이 된다. 후대를 기약하며 가을 산행 시 모두 씨를 뿌리자.

 산삼을 구입하고자 하는 분에게 드리고 싶은 이야기가 있다.
 본 저서에서 설명한 좋은 산삼 구분법을 충분히 숙지하여 지식을 습득한 후 양질의 산삼을 합당한 가격에 구입하여야 한다.
 저자가 생각하는 산삼의 기준은 최소한 산에서 20년 이상 성장한 삼을 산삼 이라고 말하고 싶다.
 일반적으로 인삼은 6년 정도면 경제적인 수명에 달하며 장뇌나 산양삼은 12~15년 정도면 경제적인 수명에 달한다.

장뇌나 산양삼을 20년 정도 키우려면 생존율이 극히 저조하여 경제적 측면에서 재배가 어려운 것이다.

산에서 자연 방임상태로 20년 이상 키운 산양삼이라면 산삼으로 판단하여도 무방하다.

현재 12년 근 산양삼의 가격이 뿌리 당 10만원 수준이다. 따라서 20년 정도 된 산삼의 경우도 뿌리 당 가격은 100만원 이내이어야 적당하다.

물론 30년 이상 된 산삼인 경우 뿌리 당 수백만원정도 하지만 30년 이상 된 산삼은 매우 귀하다. 대부분 우수한 산삼도 삼령이 20년~30년 정도 이다.

판매자가 백년 또는 몇 백년 된 산삼이라고 하면 대부분은 사기일 경우가 많다. 이 산삼을 다른 심마니에게 아는 분이 채심한 것인데 팔고 싶으니 얼마에 살 것인가 물어 보면 답이 나온다.

판매자가 제시하는 감정서도 믿지 말자. 공인된 감정사는 없다.

감정자체가 매우 주관적이며 비도덕적인 경우도 많다.

따라서 구매자들은 20년~30년 정도 된 우수한 산삼을 적정한 가격으로 구입할 필요가 있다.

본 임기성의 산삼이야기가 산삼채심을 본업으로 하는 심마니분과 산삼을 채심하고 싶은 독자 여러분 또한 건강한 삶을 위하여 산삼을 구입 복용하고자 하는 분에게 좋은 지침서가 되었으면 하는 바람이다.

임기성의 산삼이야기

1판1쇄 2017년 06월 10일

지은이 임기성
발행처 하움
발행인 문현광

광주광역시 남구 주월동 1257-4 3층 하움
전화   070-7617-7779
팩스   062-716-8553

저작권자 임기성
이 책의 저작권은 저자에게 있습니다 저자와 출판사의 허락 없이
내용의 일부를 인용하거나 발췌하는 것을 금합니다.

누리집 http://haum.kr
이메일 haum1000@naver.com

ISBN   979-11-953572-6-0

값은 표지에 있습니다.

좋은 책을 만들겠습니다.
하움은 독자 여러분의 의견에 항상 귀 귀울이고 있습니다